Jenseits in Eden

Raimund Eich, Jahrgang 1950, lebt in Neun-
kirchen/Saar. Der Autor veröffentlichte im Jahr 2004
mit „Angst um Melanie" sein Erstlingswerk.
Informationen über weitere Veröffentlichungen am
Ende dieses Buches sowie auf http://raimunds-
schmoekerkiste.jimdo.com/.

RAIMUND EICH

JENSEITS IN EDEN

Bibliografische Information der Deutschen Nationalbibliothek:
Die Deutsche Nationalbibliothek verzeichnet diese
Publikation in der Deutschen Nationalbibliografie;
detaillierte bibliografische Daten sind im Internet über
http://dnb.dnb.de abrufbar.

Herstellung und Verlag: BoD – Books on Demand,
Norderstedt

ISBN: 978-3-734732065

Inhaltsverzeichnis

Prolog 7

Kapitel 1: Der Unfall 12

Kapitel 2: Zwischen den Welten 23

Kapitel 3: Gespräche mit Daniel 31

Kapitel 4: Zwiesprache mit Gott 45

Kapitel 5: Der Großvater 51

Kapitel 6: Unterwegs mit Daniel 57

Kapitel 7: Ausflug zur Erde 73

Kapitel 8: Charlotte 77

Kapitel 9: Der Wasserfall 90

Kapitel 10: Vorleben 109

Kapitel 11: Aussprachen 120

Kapitel 12: Spaziergang am See 129

Kapitel 13: Letzte Ratschläge 134

Kapitel 14: Abschied 141

Epilog 144

Prolog

Es muss irgendwann Mitte der Siebziger Jahre gewesen sein, als ich die öffentliche Bücherei in meiner Heimatstadt auf der Suche nach Literatur aus dem Bereich der Elektrotechnik durchstöberte, weil mir als Student einfach das nötige Geld fehlte, um mir teure Fachbücher selbst kaufen zu können. Da die Semesterferien bevorstanden, wollte ich mir aber auch noch etwas Unterhaltsames zum Lesen zwischendurch gönnen. So schlenderte ich planlos an den Bücherregalen vorbei, bis mir zufällig ein Buch von Elisabeth Kübler-Ross ins Auge fiel, das den Titel „Interviews mit Sterbenden" trug. Nichts für einen jungen Mann, der das Leben noch vor sich hat und ganz auf seine Ausbildung konzentriert ist, sollte man meinen, aber der Titel ließ mich einfach nicht mehr los. Mag sein, dass es damit zusammenhing, dass mein Vater vor nicht allzu langer Zeit im Krankenhaus plötzlich verstorben war und niemand aus unserer Familie in seiner letzten Stunde bei ihm war, vielleicht aber auch, weil ich mich schon früh damit auseinanderzusetzen begann, ob es Gott oder den Himmel und die Hölle tatsächlich gibt, und was nach dem Tod eigentlich mit einem passiert. Die Geschichten aus der Bibel, die wir Schüler im Religionsunterricht oder in der Kirche zu Gehör bekamen, wie etwa die Verwandlung von Wasser in Wein bei der Hochzeit von Kanaan oder die wundersame Brotvermehrung, fand ich zwar sehr interessant, aber irgendwie vermochte ich es einfach nicht zu glauben, dass sich das alles tatsächlich so ereignet haben sollte. Auch der Institution Kirche konnte ich nicht besonders viel abgewinnen, sie war mir mit ihren finsteren Beichtstühlen, mit den bedrohlich wirkenden Sonntagspredigten des Pastors, um imaginären Sündern ins Gewissen zu reden, und mit ihren befremdlich erscheinenden Zeremonien eher suspekt. Ohnehin wurde ich zu einer Zeit groß, in der der christliche Glaube zulasten des Zeitgeistes mehr und mehr an Bedeutung zu verlieren schien. Atheist zu sein oder zu werden, lag dagegen im Trend, besonders unter Wissenschaftlern und Ingenieuren, und damit natürlich auch unter uns Studenten. Aber eine innere Stimme, so schien es mir jedenfalls, riet mir immer wieder dazu, meinen Glauben an den lieben Gott nicht abzulegen. Das tat ich auch nicht, aber ich beschäftigte mich nicht mehr weiter mit diesem Thema. Nachdem ich das besagte Buch von Elisabeth Kübler-Ross fast in einem Zug durchgelesen hatte, war ich fasziniert, was darin über den Sterbeprozess und vor allem über Nahtoderlebnisse berichtet wurde. Nur zu gerne hätte ich mich mit Freunden, Verwandten und Bekannten darüber unterhalten, aber die einen schienen sich nicht dafür zu interessieren und die anderen versuchten es als Humbug oder als Halluzinationen abzutun. So blieb ich letztlich nach wie vor im Zweifel, bis ich etwa zwei Jahre später, wiederum in der heimischen Stadtbücherei, das Buch „Leben nach dem Tod" von Dr. Raymond Moody entdeckte und in gleicher Weise davon begeistert war. Gerne hätte ich noch viel mehr darüber erfahren, aber es gab damals, im Gegensatz zu heute, nur wenig für mich erreichbare Informationsquellen, zumal mir andere Aufgaben und Probleme wenig Zeit für vertiefte Studien zu diesem Thema ließen. Rainer Holbes Sendereihen „Unglaubliche Geschichten" Mitte der achtziger Jahre sowie „Phantastische Phänomene" Anfang der Neunziger und seine Bücher zu diesem Thema ließen mein Interesse zwar erneut für eine Weile wieder aufflammen, doch die Realität ließ mir weder Zeit noch Muße, mich damit intensiver auseinanderzusetzen.

Als ich schließlich mit über fünfzig Jahren selbst zu schreiben begann, hatte ich ursprünglich ganz andere Themen im Sinn, bis ich nach einiger Zeit mit Erstaunen feststellte, dass ich mich in allen meinen Büchern offenbar unbewusst in irgendeiner Weise mit dem Thema Gott auseinanderzusetzen versuchte. Es interessierte mich offensichtlich mehr als alles andere und meine diesbezügliche Wissbegier wurde von Tag zu Tag größer. So entstanden im Laufe der Zeit auch einige Geschichten, in denen ich mich nunmehr ganz bewusst entsprechenden Themen gewidmet habe, mal in heiterer und mal in eher nachdenklich stimmender Form, nur geleitet von meinen eigenen Gedanken und Gefühlen.

Das vorliegende Buch unterscheidet sich davon jedoch grundlegend, weil ihm zuvor ein umfangreiches Sammeln von Informationen und Erkenntnissen vorausging, unter anderem inspiriert durch Berichte über spirituelle Begegnungen von Medien mit Gott und Verstorbenen sowie durch die zunehmende Zahl von Biografien über Nahtoderlebnisse auf dem Büchermarkt. So interessant Bücher über Nahtoderlebnisse für mich zweifellos sind, meinen Wissensbedarf konnten sie dennoch nicht umfassend befriedigen. Viele Bücher sind zwar einige Hundert Seiten dick, wobei jedoch die Darstellung des eigentlichen Nahtoderlebnisses oft nur auf wenige Seiten beschränkt ist. Natürlich ist es in einem Buch über ein Nahtoderlebnis nicht minder wichtig, auch grundsätzliche Informationen über Herkunft, Erziehung, Ausbildung sowie über Berufs- und Privatleben des Betroffenen zu erhalten, aber das Kernthema gerät nach meiner Ansicht dabei leider oft viel zu kurz.

Mein Roman „Jenseits in Eden" basiert daher auf einer fiktiven Geschichte über ein Nahtoderlebnis, in die all das eingeflossen ist, was mir an interessanten und wichtig erscheinenden

Informationen zu diesem Thema, zu Gott, über das Leben auf der Erde, aber auch was davor war und was danach sein wird, zugänglich geworden ist. Natürlich vermag niemand Beweise dafür zu erbringen, dass es tatsächlich so ist, auch ich nicht. Ich möchte Sie jedoch zumindest zum Nachdenken darüber anregen, ob es nicht vielleicht doch etwas nach und möglicherweise auch vor dem irdischen Dasein gibt. Warum? Weil ich darin eine elementare Lebensfrage für jeden von uns sehe, ohne Ausnahme.

Kapitel 1: **Der Unfall**

Nervös trommelte er mit den Fingern im Takt aufs Lenkrad. Immer wieder fiel sein Blick auf die Leuchtziffern der Uhr am Armaturenbrett. Irgendwie schien es ihm, als würde die Zeit überhaupt nicht vergehen. Noch eine gute Viertelstunde würde er wohl hier warten müssen, doch dann würde auch das ein Ende haben. Noch verdrängte er jeden Gedanken daran, was dann passieren würde, obwohl er übers Wochenende alles minutiös geplant und den Ablauf immer wieder durchgespielt hatte. Es würde schon nichts schiefgehen, weil er es von Berufs wegen gewohnt war, sich akribisch auf eine Aufgabe vorzubereiten und diese planmäßig umzusetzen. Trotzdem stand er jetzt vor dem größten Scherbenhaufen seines Lebens. Alles erschien ihm ausweglos, und dabei hatte doch alles so gut angefangen. Er hatte einen gut bezahlten Job als Montageingenieur für Industrieanlagen, in seinem Heimatort ein schönes Haus in bester Wohnlage gekauft und war mit Christina glücklich verheiratet. Nur eigene Kinder vermissten sie beide noch, weil sie Kinder sehr liebten und mindestens zwei eigene haben wollten. Doch irgendwie funktionierte es einfach nicht damit. In den ersten

Jahren machten sie sich darüber noch keine großen Gedanken. *Wir sind ja noch jung und wollen uns einfach noch etwas Zeit damit lassen*, pflegten sie auf entsprechende Nachfragen von Freunden und Bekannten zu reagieren. Doch eines Tages rief ihn Christina am frühen Nachmittag auf der Baustelle an. An das Gespräch erinnerte er sich noch heute in allen Einzelheiten.

„Du, ich will dich nicht lange stören, aber ich war heute Morgen beim Frauenarzt", hatte sie gesagt. „Du weißt ja, dass ich schon länger Probleme mit dem Unterleib habe. Mit den chronischen Eierstockentzündungen habe ich mich zwar im Laufe der Zeit abgefunden, aber in letzter Zeit war mir immer speiübel, wenn ich morgens aufgestanden bin."

„Aber davon hast du mir am Wochenende ja überhaupt nichts erzählt", hatte er sie unterbrochen.

„Nein, das habe ich nicht, weil ich uns beiden das bisschen Zeit, das wir zusammen verbringen können, damit nicht verderben wollte. Ich weiß ja, wie empfindlich du darauf reagierst, wenn es mir mal nicht so gut geht. Da wir nur an den Wochenenden oder im Urlaub zusammen sein können, will ich mit dir jede freie Minute genießen, und das haben wir doch beide vorgestern und gestern ausgiebig getan."

„Das schon, aber spann mich jetzt bitte nicht auf die Folter und erzähle endlich, was er gesagt hat, der Arzt meine ich. Es ist doch hoffentlich nichts Schlimmes?" Vom anderen Ende der Leitung war ihm nur ein albernes Kichern entgegengekommen, worauf er spontan erwidert hatte: „Sag jetzt bitte nichts, Christina, ich glaube, ich weiß, was dir fehlt."

„Und was glaubst du?", gab sie ihm zur Antwort, begleitet von einem schallenden Lachen.

Lukas konnte sich zwar keinen Reim auf Christinas merkwürdiges Verhalten machen, was ihn aber nicht davon abhielt, sie wenigstens ein bisschen zu provozieren. „Ganz einfach, dass du übergeschnappt bist und in die Klapsmühle eingeliefert werden musst", erwiderte er.

„Nein, keine Angst, nicht in die Klapsmühle, aber ins Krankenhaus schon, jedenfalls in ein paar Monaten."

„Ins Krankenhaus, um Gottes Willen, was fehlt dir denn?"

Wieder ein unterdrücktes Kichern, und dann: „Fehlen, tja, fehlen tut mir eigentlich überhaupt nichts. Nein, im Gegenteil, bei mir muss bald etwas entfernt werden."

Schreckliche Gedanken waren ihm damals durch den Kopf geschossen. *Eine Operation, ob sie etwa ....* Nur mühsam war es ihm gelungen, die spontanen Gedanken an schlimme Krankheiten wie Krebs zu verdrängen. Schließlich hatte er sie inständig gebeten, ihm doch endlich reinen Wein einzuschenken.

„Entschuldige bitte, Lukas, du brauchst wirklich keine Angst zu haben, denn ich habe eine gute Nachricht für dich", hatte sie daraufhin erwidert.

„Sag jetzt bloß nicht, dass du schwanger bist", war ihm damals spontan über die Lippen gekommen, obwohl er schon lange nicht mehr ernsthaft daran geglaubt hatte, dass dieser Herzenswunsch doch noch in Erfüllung gehen könnte. Umso erstaunter war er, als sie es tatsächlich bestätigte.

In seiner Erinnerung empfand er noch einmal für ein paar Sekunden die spontanen Glücksgefühle nach, die diese Nachricht damals bei ihm ausgelöst hatte. Er hatte sich gleich für ein paar Tage freigenommen, um sich mit ihr gemeinsam auf das freudige Ereignis einzustimmen und Pläne für die Zukunft zu schmieden. Doch die Freude währte nicht allzu lange, denn bei Christina traten bereits kurze Zeit später Komplikationen auf, die zu einer Fehlgeburt führten. Aber sie ließen sich von diesem Rückschlag nicht entmutigen und versuchten es erneut. Knapp ein Jahr später war es wieder soweit, doch auch diese Schwangerschaft musste vorzeitig unterbunden werden.

Lichtkegel von Scheinwerfen eines entgegenkommenden Fahrzeugs rissen ihn plötzlich aus seinen Gedanken heraus. Instinktiv rutschte er im Fahrersitz nach unten, damit man ihn nicht sehen konnte, obwohl das doch eigentlich nicht not-

wendig war, weil er sich ganz bewusst einen un-
auffälligen dunklen Mietwagen ausgeliehen hatte.
Mit dem fremden Kennzeichen wusste hier
sicherlich keiner etwas anzufangen. Zudem hatte
er sich noch eine Baseball-Kappe tief ins Gesicht
gezogen, damit ihn selbst ein vorbeigehender
Fußgänger aus unmittelbarer Nähe nicht hätte
erkennen können. *Obwohl, hinterher kommt ja
doch alles heraus,* schoss ihm spontan durch den
Kopf. „Aber hinterher spielt es keine Rolle mehr,
nur vorher darf mir keiner den Plan durch-
kreuzen", murmelte er und versuchte sich wieder
seinen Gedanken zu widmen.

Der Frauenarzt hatte ihr nach den beiden Fehl-
geburten von weiteren Schwangerschaften ab-
geraten, weil das Risiko eines erneuten Scheiterns
bei ihr einfach zu hoch sei. Ein herber Schlag für
sie beide. Christina litt sehr darunter und fühlte
sich als Versagerin. Obwohl er es ihr immer
wieder auszureden versuchte, machte auch er sie
insgeheim dafür verantwortlich. Christina hatte
das wohl instinktiv gespürt und zog sich im Laufe
der Zeit mehr und mehr vor ihm zurück. Zuerst
waren die täglichen Anrufe von ihr ausgeblieben.
Auch an den Wochenenden ließ sie sich kaum
noch zu gemeinsamen Aktivitäten überreden,
schob andere wichtige Termine vor oder traf sich
angeblich mit Freundinnen, während er frustriert
zu Hause auf sie wartete. Irgendwann hatte ihn
ein ehemaliger Schulkamerad aus der Nachbar-
schaft zur Seite genommen und ihm hinter vor-

gehaltener Hand verraten, dass sie während seiner Abwesenheit häufig auf Tour sei und auch fremde Männer zu Hause empfangen würde, die manchmal sogar über Nacht bleiben würden. Er fühlte sich wie vor den Kopf gestoßen und wollte es zuerst überhaupt nicht glauben. Doch als er sie zur Rede stellte, gab sie es nach anfänglichem Leugnen schließlich zu.

„Warum … warum tust du mir so etwas an, Christina, liebst du mich denn nicht mehr?", hatte er sie wachzurütteln versucht, worauf sie ihn mit unglaublich traurigen Augen angesehen und fast unmerklich den Kopf dabei geschüttelt hatte.

„Ich weiß es nicht, Lukas. Ich weiß es wirklich nicht. In mir ist alles so leer, seit dem …" Sie stockte kurz und fuhr schließlich fort: „Ich glaube einfach, dass wir uns im Laufe der Zeit auseinandergelebt haben. Kein Wunder, wir sehen uns seit Jahren nur am Wochenende, und das noch nicht mal jede Woche. Vielleicht sollten wir uns endgültig trennen", hatte sie gesagt, worauf er sie an den Schultern gepackt und gerüttelt hatte.

Nur mühsam hatte er sich zu beherrschen versucht. „Willst du das wirklich, Christina? Willst du tatsächlich, dass es aus zwischen uns ist, endgültig aus?", hatte er sie wutentbrannt angeschrien.

Sie hatte daraufhin nur mit den Schultern gezuckt, wortlos ihren Mantel geschnappt und das Haus verlassen.

„Dann geh doch, du verdammte Hure", hatte er ihr damals nachgerufen. Er konnte auch jetzt noch immer nicht fassen, dass sie ihn so stehen ließ, ganz ohne Versuch, sich mit ihm auszusprechen. Mechanisch war er damals ins Schlafzimmer gegangen und hatte seine Sachen aus dem Schrank achtlos wieder in die Reisetasche geworfen. Dann hatte er sich ins Auto gesetzt, und war die knapp vierhundert Kilometer von seinem Appartement in der Nähe der Baustelle, die er in der Hoffnung auf ein schönes Wochenende so gerne zurückgelegt hatte, an einem Stück gleich wieder zurückgefahren. Immer öfter hatte er daraufhin am Wochenende die Heimfahrt ausfallen lassen und anfangs in seiner Einzimmerwohnung Frust und Enttäuschung mit Alkohol zu betäuben versucht. Doch dann zog auch er nach Feierabend durch die Kneipen und ließ keine Gelegenheit mehr aus, sich mit anderen Frauen zu amüsieren. Auf die Baustelle war er schließlich immer öfter zu spät gekommen, wurde im Ganzen unzuverlässiger und machte immer häufiger Fehler. So war er schließlich immer weiter abwärts geschlittert. Eines Tages erreichte ihn ein Brief einer seiner flüchtigen Bekanntschaften. Ein Foto von ihr war beigefügt, das sie mit einem Säugling auf dem Arm zeigte. Sie verkündete ihm, dass er der leibliche Vater des Kindes sei, und forderte Unterhaltszahlungen von ihm, ansonsten werde sie seine Frau über alles informieren und Vaterschaftsklage gegen ihn erheben. Nur ungern erinnerte er sich an die kurze Beziehung mit ihr gleich zu Beginn seiner Krise. Sie hatte ihn in einer Disco angesprochen und noch in der gleichen Nacht war er mit ihr im Bett gelandet. Doch diese Affäre währte nur ein paar Wochen, weil er schon sehr bald feststellen musste, dass sie an ihm nicht wirklich interessiert war. Sie wollte sich eigentlich damals schon von ihm einfach nur aushalten lassen und auf seine Kosten amüsieren, weil sie gleich gemerkt hatte, dass er gut bei Kasse und sehr großzügig war. Er hatte die Beziehung daraufhin gleich wieder beendet. Doch nun holten ihn die Folgen wieder ein. Ohne auf einem Vaterschaftstest zu bestehen, hatte er schließlich in Zahlungen eingewilligt in der Hoffnung, damit alles vor Christina und seinem Arbeitgeber vertuschen zu können. So kamen auch noch ständige Geldsorgen hinzu, die ihn dazu verleiteten, so manchen Unterauftrag an den Baustellen an diejenigen zu vergeben, die ihm dafür klammheimlich Schmiergelder in die Hand drückten. Anfangs lief alles problemlos, doch irgendwann war er damit aufgeflogen, was für ihn nicht nur eine fristlose Kündigung, sondern auch eine Anklage wegen Korruption zur Folge hattc. In drei Tagen sollte der Gerichtstermin stattfinden, aber dazu würde es nicht mehr kommen. Sein Leben war völlig ruiniert, privat und beruflich, und er sah auch keine Perspektiven mehr für sich. Daher würde er diese Angelegenheit auf seine Art zu Ende bringen, jetzt gleich.

Ein leichtes Quietschen des Gartentores vor seinem Haus ließ ihn schlagartig aus seinen Gedanken aufschrecken. Christina betrat den spärlich beleuchteten Bürgersteig, stellte den Mantelkragen hoch und ging nach links, die abschüssige Straße hinunter, die über den Mühlenbach zur Bushaltestelle am Eingang des Neubaugebietes führte. Er hatte erfahren, dass sie, nachdem Zahlungseingänge von ihm auf ihr gemeinsames Konto immer spärlicher wurden und schließlich ganz ausgeblieben waren, wieder eine Stelle in der Arztpraxis angenommen hatte, in der er sie damals kennengelernt hatte, als er nach dem Unfall auf der Baustelle regelmäßig zur ambulanten Behandlung musste. Es war noch dunkel draußen und das Licht der Straßenlaternen konnte die Nebelschwaden kaum durchdringen. *Eine gespenstische Kulisse wie in einem schlechten Krimi* fuhr es ihm durch den Kopf. In Gedanken ging er noch einmal seinen Plan durch. Er würde ihr noch einen kleinen Vorsprung lassen und ihr dann mit dem Wagen folgen, ohne die Scheinwerfer anzumachen und ohne den Wagen zu starten. Das Fahrzeug würde sich auf der abschüssigen Straße beim Lösen der Handbremse von allein in Bewegung setzen. Wenn sie die schmale Brücke über den Mühlenbach betrat, würde er den Wagen starten und in vollem Tempo auf sie zurasen. Sie würde keine Chance haben, ihm ausweichen zu können, und dann …

20

kalter Schweiß brach ihm plötzlich aus. Sollte er diesen schrecklichen Plan nicht doch aufgeben?

„Nein, es gibt jetzt kein Zurück mehr für dich, Lukas", murmelte er und versuchte sich damit selbst Mut zu machen. Christina war schuld an ihrem Unglück und sollte auch dafür büßen, doch nicht nur sie. Er würde die Schuld, die er jetzt auf sich laden wollte, nur ein paar Kilometer weiter auf einem abgelegenen Waldweg tilgen, den Wagen dort bei laufendem Motor abstellen und die Abgase ins Wageninnere leiten. Es würde kein schlimmer Tod sein, wie er sich, soweit es ihm möglich war, zuvor darüber schlaugemacht hatte. Er sah ihr nach, wie sie den Weg zur Brücke hinunterging und irgendwann vom Nebel verschluckt wurde.

„So ein verdammter Mist, jetzt kann ich sie nicht mehr sehen", brach es aus ihm heraus. Hastig löste er die Handbremse, worauf sich der Wagen langsam in Bewegung setzte. Ohne Scheinwerferlicht war die Straße nur schwer zu erkennen und nur ein kleines Stück weit nach vorne einzusehen. Dann sah er sie plötzlich vor sich. Sie war schon ein Stück weit auf der Brücke, sodass er sofort den Motor startete, die Scheinwerfer einschaltete und Vollgas gab. Mit quietschenden Reifen raste der Wagen auf sie zu. Erschrocken drehte sie sich kurz nach ihm um und begann dann in panischer Angst wegzulaufen. Doch der Wagen war viel zu schnell für sie. Schließlich geriet sie ins Stolpern und fiel mitten auf der Brücke zu Boden. Er sah, wie sie sich mit vor Schreck weit aufgerissenen Augen zu ihm umdrehte und sich schützend die Hände vors Gesicht zu halten suchte. Doch unaufhaltsam raste er weiter auf sie zu und umklammerte das Lenkrad mit beiden Händen so fest, als wäre es in einem Schraubstock eingespannt. *Nur noch ein paar Meter, dann ist alles vorbei*, dachte er, als ihn ein Blick ihrer Augen traf, die panisch vor Angst waren. Buchstäblich im letzten Moment riss er das Lenkrad mit aller Kraft nach links, worauf der Wagen heftig ins Schlingern geriet, sich überschlug und wie eine Rakete das Brückengeländer durchbrach. Er registrierte nur noch, dass das Auto ein paar Meter auf die Uferböschung hinabstürzte, bevor er das Bewusstsein verlor.

Kapitel 2: Zwischen den Welten

Irgendwann kam er wieder zu sich. Verletzungen hatte er offenbar keine davongetragen, jedenfalls hatte er keine Schmerzen und konnte sich ungehindert bewegen. Hastig kletterte er aus dem Wagenfenster, weil sich beide Türen nicht mehr öffnen ließen, und ging die Böschung hinauf. Auf der Straße standen zum Glück schon ein Notarztfahrzeug und ein Krankenwagen. Christina lag auf einer Pritsche im Krankenwagen. Ein Arzt war gerade dabei, ihr eine Infusion anzuhängen. Hastig stieg er hinten in den Wagen ein, noch bevor der Fahrer die Hecktüren verschloss und das Fahrzeug sich in Bewegung setzte. Christina war zwar noch nicht bei Bewusstsein, aber außer ein paar Kratzern im Gesicht und einer Schürfwunde am rechten Arm konnte er keine größeren Verletzungen bei ihr erkennen.

„Was ist mit ihr, wird sie durchkommen?", fragte er den Arzt, doch der beachtete ihn überhaupt nicht und kümmerte sich intensiv um seine Patientin. Weil er ihn nicht weiter belästigen wollte und ohnehin zu sehr mit seinen eigenen Gedanken beschäftigt war, fragte er nicht weiter nach und setzte sich auf die schmale Bank neben

der Pritsche. *Was zum Teufel hat dich dazu be-
wogen, buchstäblich in letzter Sekunde den
Lenker herumzureißen?*, fragte er sich, aber er
war froh darüber, weil er, als ihn Christinas
angsterfüllte Blicke trafen, auf einen Schlag in
sich wieder die Liebe zu ihr verspürt hatte, die
ihm schon lange Zeit vorher erkaltet erschienen
war. Vielleicht war ja doch noch nicht alles zu
spät und würde sich wieder zum Guten wenden.
Aber dafür musste Christina erst wieder gesund
werden ... und dann würde er ihr alles beichten.
Doch was dann? Er wusste es nicht, aber das war
ihm jetzt auch völlig gleichgültig. Der Wagen
hielt vor dem Krankenhaus und Christina wurde
zur Notaufnahme transportiert. Lukas trottete mit
mulmigen Gefühlen hinterher. Er hörte, wie der
Notfallarzt seinem Kollegen in der Notfallauf-
nahme kurz über Christinas Zustand informierte.

„Nichts Ernstes, Herr Kollege", sagte er,
„lediglich ein paar Schürfwunden und vermutlich
eine Schockreaktion. Ich nehme an, dass wir sie
eventuell morgen schon wieder entlassen können.

Der aufnehmende Arzt nickte. „Wir werden
sie trotzdem nochmal gründlich durchchecken.
Was ist denn eigentlich passiert?"

„Sie wäre fast von einem Auto überfahren
worden. Der Fahrer hat sie wohl bei den
schlechten Sichtverhältnissen zu spät gesehen und
konnte noch in letzter Sekunde den Lenker rum-
reißen. Ist natürlich viel zu schnell gefahren, der
Typ. Ihn hat es dabei übel erwischt, Schädel-

24

bruch, Frakturen am ganzen Körper. Er wurde in die Uniklinik transportiert. Ich nehme an, man wird ihn dort ins Koma versetzen, aber ob er eine Überlebenschance hat, glaube ich offen gestanden nicht", sagte er und schüttelte den Kopf dabei.

Lukas war außer sich. „Was reden Sie denn da für einen Unsinn, ich bin der Fahrer des Wagens und mir ist überhaupt nichts passiert, sonst würde ich ja wohl kaum hier vor Ihnen stehen", rief er und ging wild gestikulierend auf die beiden Ärzte zu, die ihn jedoch keines Blickes würdigten. „Verdammt noch mal, jetzt reicht's mir aber, wollen Sie mir bitte endlich mal Ihre Aufmerksamkeit schenken und ein paar Fragen zum Zustand meiner Frau beantworten", sagte er und versuchte den Notarzt an den Schultern zu packen, doch seine Hände griffen ins Leere, Nein, nicht ins Leere, aber irgendwie durch den Körper des Mannes hindurch. „Das gibt's doch nicht, ich bin wohl verrückt geworden … oder vielleicht ein Unfallschock?", stammelte er und versuchte es erneut, aber wieder ohne Erfolg, ebenso wie der Versuch, jemanden anderen anzusprechen. Weder Ärzte noch Rettungssanitäter oder Krankenpfleger reagierten auf ihn. Er war völlig verwirrt und wusste sich keinen Reim darauf zu machen. Erste düstere Ahnungen, dass er den Unfall vielleicht doch nicht überlebt haben könnte und jetzt hier als Geist durch die Gegend irrte, versuchte er zwar zu verdrängen, aber normal war das jedenfalls nicht, was ihm da gerade widerfuhr. Hatte der Arzt nicht gesagt, man hätte ihn in die Uniklinik transportiert. Sollte er sich vielleicht dort selbst davon überzeugen, ob er … Im gleichen Moment sah er sich über dem Körper eines Mannes schwebend, der auf einer Intensivstation lag, mit verbundenem Schädel und am ganzen Körper mit Wunden übersät. Überall waren Schläuche und Kabel angeschlossen, die mit medizinischen Geräten verbunden waren. Auf der Patientenakte, die auf der Ablage neben dem Bett lag, konnte er seinen Namen lesen. Merkwürdig, aber er empfand für die Gestalt dort unten im Bett, die doch offensichtlich er selbst war, keinerlei Mitgefühl. Er war vielmehr überwältigt von dem, was er da gerade erlebte und fühlte sich vollkommen frei und unbeschwert. Ein grenzenloses Gefühl von Frieden und Freiheit durchströmte ihn und ließ ihn immer höher schweben, ungehindert durch Wände und Decken hindurch. Irgendwo in der Ferne sah er ein Licht strahlen, das ihn magisch anzuziehen schien. Mit rasender Geschwindigkeit bewegte er sich diesem Licht durch eine Art Tunnel entgegen, an dessen Wänden entlang sich andere Wesen bewegten, die er zum Teil als menschenähnliche Gestalten, aber auch als leuchtende Objekte in schillernden Farben ausmachte. Er verspürte ein unstillbares Verlangen, in das strahlende Licht vor ihm, das eine grenzenlose Liebe auszustrahlen schien, einzutauchen und für immer damit zu verschmelzen. Doch dann fand er sich in plötzlich in einer wunderschönen Landschaft wieder, mit Bergen, Tälern, Wiesen, Bäumen, Sträuchern und Pflanzen, die irdischen Landschaften zwar nicht unähnlich war, aber alles in einer intensiven Farbenpracht erstrahlen ließ, einzigartige Farben, wie er sie auf der Erde in dieser Art noch nie wahrgenommen hatte. Eine wohltuende friedliche Ruhe lag über dieser Kulisse, die sich auch auf ihn zu übertragen begann und intensive Gefühle von Geborgenheit und Zugehörigkeit in ihm auslösten. Strahlende Lichtwesen mit den Konturen irdischer Körper kamen auf ihn zu und begrüßten ihn mit einer Herzlichkeit, die ihm von Menschen auf der Erde in dieser Art nicht annähernd entgegengebracht worden war und die er erstaunlicherweise in gleicher Weise erwidern konnte, obwohl er doch sonst eher ein misstrauischer Mensch war, der den meisten seiner Zeitgenossen lieber aus dem Weg ging. Er erkannte einige Verwandte und Bekannte wieder, darunter auch sein bester Freund Thomas, der vor drei Jahren mit seinem Motorrad tödlich verunglückt war. Sie waren zusammen in einer Klasse auf dem Gymnasium gewesen und in dieser Zeit fast unzertrennlich, hatten so manchen Streich miteinander ausgeheckt und waren später, nachdem sie in die Pubertät gekommen waren, oft mit ihren Freundinnen zu viert unterwegs. Berufsbedingt hatten sie sich dann später zwar etwas aus den Augen verloren, aber jedes Jahr im Sommer ein paar Tage Urlaub in den Bergen zusammen verbracht, wo Thomas Eltern ein kleine Blockhütte an einem See besaßen. Die Begrüßung mit Thomas fiel daher besonders herzlich aus.

„Ich habe nach deinem Unfall oft an dich denken müssen und dich sehr vermisst, Thomas", sagte er, wobei die Kommunikation wortlos in Form eines Austauschs von Gedanken und Gefühlen erfolgte. Beide wussten spontan, was ihnen der jeweils andere vermitteln wollte.

„Ich weiß es, Lukas", erwiderte Thomas, „und ich war dir in diesen Momenten immer sehr nahe und habe versucht, dir meine Anwesenheit zu vermitteln."

Lukas nickte. „Oh ja, jetzt, wo du es sagst, erinnere ich mich wieder genau daran. Ich habe das damals tatsächlich auch so empfunden. Jedenfalls bekam ich oft eine Gänsehaut, wenn ich an dich dachte. Ich freue mich so sehr, dich hier, wie soll ich es ausdrücken, so wohlbehalten wiederzutreffen", sagte er und blickte Thomas dabei in die Augen, die nichts als reine Liebe auszustrahlen schienen. Dann sah er, wie sich ihnen eine erhabene Lichtgestalt näherte, von deren Erscheinen er so tief beeindruckt und berührt zugleich war, dass er von spontaner Demut ergriffen vor ihr niederkniete und mit gesenktem Kopf fragte: „Wer bist du, und wo bin ich eigentlich hier?"

Er spürte, wie ihm das Lichtwesen die Hände sanft auf seine Schultern legte und sich als sein Schutzgeist zu erkennen gab. „Ich weiß, dass du jetzt viele Fragen hast, und ich werde sie dir auch alle beantworten, doch jetzt musst du dich zuerst einmal erholen von den Strapazen der großen Reise, die hinter dir liegt."

„Und was ist mit Thomas, werde ich ihn wiedersehen?"

Das Geistwesen nickte. „Ja, ihr beiden werdet hier eine Weile miteinander verbringen können, so wie früher auf der Erde. Doch zuvor wirst du dich zuerst einmal hier ausruhen", sagte es und deute auf ein prachtvolles, strahlend weißes Gebäude ganz in der Nähe. Der Schutzgeist führte ihn in einen Raum, der von einem beruhigend wirkenden zartblauen Licht durchflutet war. In der Mitte des Raumes stand eine Art Liege, auf die der Schutzgeist deutete. „Hier kannst du dich ausruhen, solange du möchtest."

Lukas verspürte augenblicklich, wie ihn eine wohltuende Müdigkeit überfiel. „Darf ich dich nach deinem Namen fragen, damit ich auch weiß, wie ich dich ansprechen soll?", sagte er.

„In meinen früheren Leben hieß ich Freiherr Daniel von Hohenfels. Wenn du möchtest, kannst du mich also Daniel nennen."

„Und ich heiße Lukas", erwiderte er und streckte seinem Schutzgeist spontan die Hand zur Begrüßung entgegen, was dieser mit einem sanften Lächeln quittierte.

„Ich kenne deinen Namen nur allzu gut, Lukas."

„Logisch, entschuldige bitte, Daniel", gab er ihm zur Antwort zurück, was seinen Schutzgeist erneut zu einem Schmunzeln verleitete. „Und wie finde ich dich, wenn ich mich ausgeruht habe?"

„Folge einfach deinem Gefühl, Lukas, dann wirst du mich schon finden", erwiderte dieser und verließ gleich darauf den Raum.

Kapitel 3:   Gespräche mit Daniel

Als Lukas wieder aufwachte, fühlte er sich wie neu geboren. *Aber ist denn nicht gerade das Gegenteil der Fall?*, kam ihm spontan in den Sinn, worüber er selbst ein wenig schmunzeln musste. Die jüngsten Erlebnisse hatten ihn derart verwirrt, dass er sich selbst nicht mehr sicher war, ob das alles real oder nur ein wunderschöner Traum gewesen war, aus dem er jetzt gerade erwachte und sich in seiner gewohnten irdischen Existenz mit all seinem Kummer, seinen Sorgen, Ängsten und Problemen wiederfinden würde. Doch alles um ihn herum erschien ihm auch jetzt noch irreal, und doch irgendwie vertraut zu sein. Ein merkwürdiges Gefühl, das er sich nicht erklären konnte. So verließ er das Gebäude in der Hoffnung, wenigstens Daniel irgendwo da draußen zu finden, doch dort war niemand zu sehen. Sein Blick wanderte über eine sanfte Hügellandschaft, die von einem goldfarbenen Sonnenlicht in eine traumhafte Kulisse verwandelt wurde. Ein kristallklarer Bergbach plätscherte ganz in der Nähe vorbei und floss in sanften Windungen talwärts. Eine wohltuende Stille umgab ihn. Nur von irgendwo weiter unten drang eine zarte Melodie an sein Ohr, begleitet vom Gesang einer Frauenstimme, die ihn in tief berührte. Spontan folgte er den Klängen auf einem Pfad talabwärts, der direkt am Bach entlang führte. Der Boden unter ihm erschien ihm weich und warm zugleich. Erst jetzt bemerkte er, dass er keine Schuhe anhatte und nur mit einer Jeanshose und einem Shirt bekleidet war, die Sachen, die er auch in seiner Freizeit am liebsten anhatte. Spontan fiel ihm ein, dass er ja auch zu Hause am liebsten barfuß herumlief, wenn es die Temperaturen erlaubten. Auch hier verspürte er eine wohltuende Wärme. Kein Hauch bewegte die Bäume und Sträucher, an denen er entlangging. Alles war mit herrlichen Blüten in einer unbeschreiblichen Farbenpracht bewachsen. Ein angenehm zarter Duft lag in der Luft. Goldfarbiges Licht, das strahlenförmig vom Himmel zu fallen schien, verzauberte alles in eine verwunschene Märchenlandschaft, so schien es ihm jedenfalls. Hinter einer Flussbiegung sah er schließlich Daniel am Ufer sitzen und ihm zuwinken. Seine Gestalt war von einer regenbogenfarbig schimmernden Aura umgeben, die ihn erneut vor diesem erhabenen Wesen in tiefer Ehrfurcht niederknien ließ. Die grenzenlose Liebe, die Daniel ausstrahlte, berührte ihn und erfüllte ihn mit überwältigenden Glücksgefühlen.

„Komm und setz dich zu mir", hörte er Daniel sagen, und so setzte er sich, noch immer benommen von all dem, was auf ihn einströmte, neben seinen Schutzgeist, den er kaum anzuschauen wagte und statt dessen auf den Bach starrte, in dem sich das Wasser an glitzernden Steinen im Bachlauf vorbei den Weg ins Tal hinab suchte. Eine Weile schwiegen die beiden und schauten den tanzenden Wellen zu. Lukas spürte, dass Daniel ihn von der Seite zu mustern schien. Sein Schutzgeist unterbrach schließlich die Stille und fragte: „Hast du gut geschlafen?"

Lukas nickte. „Ja, sehr gut sogar, ich fühle mich so wohl wie nie, aber … was ist denn eigentlich mit mir passiert, bin ich jetzt etwa tot und ist das hier der Himmel? Stimmt es also doch, dass es nach dem Tod weitergeht mit uns? Ich habe das ja nie so richtig geglaubt, was man uns im Religionsunterricht in der Schule alles erzählt hat, ich meine über das Warten auf den Jüngsten Tag, an dem wir alle wieder von den Toten auferstehen werden, und in den …"

Daniel unterbrach ihn mitten im Satz. „Hab bitte noch etwas Geduld, Lukas. Ich werde alle deine Fragen beantworten, aber zuvor musst du erst noch einige grundsätzliche Dinge über unseren Schöpfer und das unendliche Universum erfahren. Wenn du dazu bereit bist, die Lehren, die dir hier vermittelt werden, anzunehmen und zu verinnerlichen, dann wirst du schon bald vieles verstehen und einen Teil deiner Fragen selbst beantworten können. Möchtest du das?"

„Ja, das will ich, denn mein ganzes Leben lang habe ich mich schon immer gefragt, warum ich eigentlich auf der Welt bin, ob es einen Gott gibt, und wenn ja, warum er so viel Ungerechtigkeit auf der Welt zulässt."

„Ich weiß es, Lukas, denn ich war in jeder Sekunde deines Lebens bei dir, auch wenn du mich nicht gespürt hast. Ich kenne jeden einzelnen deiner Gedanken, jede einzelne Empfindung von dir und ich weiß, dass ihr Menschen Vieles von dem, was man euch auf der Erde vermittelt, zurecht nicht verstehen könnt, weil es einfach so nicht zutrifft oder falsch vermittelt wird. Deshalb bist du hier, um darüber Aufklärung zu erfahren. Lass uns zusammen noch ein Stück weit hinuntergehen, denn dort unten wartet bereits eine erste Lektion auf dich."

Lukas blickte seinen Schutzgeist erwartungsvoll an. „Dann lass uns bitte gleich gehen, Daniel, denn darauf bin ich natürlich sehr neugierig."

Wortlos stiegen die beiden den schmalen Weg am Bach entlang hinab. Wirre Gedanken schwirrten Lukas durch den Kopf. Freudige Erregung und düstere Vorahnungen zugleich breiteten sich in ihm aus, auf die er sich keinen Reim machen konnte. Schließlich erreichten sie ein kleines Plateau, das einen wunderschönen Blick ins Tal hinab bot, wo der Bach allmählich breiter zu werden schien und an bunten Blumenwiesen vorbei in Richtung einer kleinen Wohnsiedlung floss. Auf den Wiesen sah er Lichtgestalten spielender Kinder inmitten einer Schar von Tieren, auch Männer und Frauen, die durch die Landschaft flanierten. Ein friedlicher Anblick,

34

der ihn mit Liebe und Glücksgefühlen erfüllte, die er sich nicht erklären konnte. Daniel deutete auf ein kleines, fensterloses Gebäude am Rande des Plateaus und sagte: „Dorthin müssen wir zuerst, Lukas, in die Bibliothek der Menschenleben."

Doch der Raum, den sie betraten, enthielt keine Bücher, wie er erwartet hatte. Es schien vielmehr eine Art Kinosaal zu sein, in dem ein überdimensionaler Monitor mitten im Raum schwebte.

Lukas schaute seinen Schutzgeist fragend an. „Soll ich mir hier etwa einen Film ansehen?"

Daniel nickte.

„Und was ist das für ein Film?"

„Es ist der Film deines Lebens, Lukas, der alles beinhaltet, was du auf der Erde erlebt und erfahren hast. Schau ihn dir an."

Im gleichen Moment verdunkelte sich der Raum. Was er dann auf dem Monitor zu sehen bekam, war kein gewöhnlicher Film wie in einem Kino auf der Erde, denn dieser Film zeigte beeindruckende dreidimensionale Bilder aus seinem Leben. Er vermittelte nicht nur Sprache und Geräusche, sondern auch Gefühle und Emotionen. Jede einzelne Sekunde seines irdischen Lebens konnte er so noch einmal intensiv nachempfinden, gerade so, als würde er sie ein zweites Mal erleben, doch diesmal nicht nur aus seiner Sicht, sondern auch aus dem Blickwinkel seiner Mitmenschen. Er sah sich als weinendes Baby, das seine Mutter in den Armen wiegte und dann seinem Vater reichte, der ihn hoch über sich hob und Grimassen schnitt, um ihm ein Lächeln abzuringen. Er spürte die Liebe der Eltern, den Stolz des Vaters über den Nachkömmling und die Freude seiner beiden älteren Schwestern über ihren Bruder, den sie sich so lange schon gewünscht hatten. Doch er sah auch, wie diese Liebe mit jedem Tag, den er älter wurde, ein kleines Stückchen mehr verblasste. Der Mutter, die den Verkaufsladen ihrer kleinen Bäckerei betreute, fehlte es einfach an Zeit und an der nötigen Muße, sich so um ihn zu kümmern, wie er es sich gewünscht hätte. Alltagshektik bestimmte das Familienleben, das auch unter den häufigen Auseinandersetzungen der Eltern litt, immer dann, wenn sein Vater nach Feierabend ein paar Gaststätten aufsuchte und spät abends angetrunken nach Hause kam und die Mutter fast hysterisch darauf zu reagieren pflegte. Er sah sich weinend zwischen seinen Eltern stehen, die sich heftig anschrien, und er empfand noch einmal seine schrecklichen Ängste so intensiv wie damals. Er sah sich als schüchternen und verunsicherten Schüler, spürte noch einmal die Geringschätzung seines Lehrers und einiger seiner Mitschüler wegen seiner kindlichen Einfältigkeit. Ihm wurde bewusst, wie sich seine anfangs freundschaftlichen Gefühle seinen Mitmenschen gegenüber im Laufe der Jahre mehr und mehr in Wut, Aggressivität und Hass auf sie verwandelten, wie er sich mehr und mehr vor Ihnen zurückzuziehen begann, in dem er sich lange Zeit in die Welt der Abenteuerbücher flüchtete, bis in ihm der Entschluss reifte, es allen zu beweisen, was er wirklich zu leisten imstande war. Eine Ausbildung und ein erfolgreiches Studium ließen sein Selbstvertrauen schließlich wachsen und die einst kindliche Demut seinen Mitmenschen gegenüber mehr und mehr ins Gegenteil umkehren und in Verachtung für sie umschwenken. Intoleranz, Überheblichkeit und Unnachgiebigkeit ließ er so viele seiner Mitmenschen spüren, auch Kollegen, Freunden und Bekannten gegenüber. Viele fühlten sich dadurch verletzt und zogen sich vor ihm zurück oder brachen die Beziehung zu ihm völlig ab. Doch ihm war es gleichgültig, er wollte sich nur noch auf seinen Beruf und auf Christina konzentrieren, eine Familie gründen und möglichst viele Kinder in die Welt setzen, nach denen er sich wegen ihrer Unschuld und Liebesbedürftigkeit so sehr sehnte. Schmerzhaft musste er jetzt erkennen, dass diese unerfüllbare Erwartungshaltung Christina damals wohl auch veranlasst hatte, sich von ihm abzuwenden, obwohl sie ihn noch immer sehr liebte. Er spürte noch einmal, wie er sich dadurch schrecklich einsam und verlassen gefühlt und so allmählich den Boden unter den Füßen verloren hatte, wie er immer mehr verhärtete und, weil ihm alles gleichgültig wurde, und wie er dadurch letztlich auf die schiefe Bahn geraten war. Es war eine schreckliche Erfahrung, sich auf diese Weise all seiner Schwächen und Fehler bewusst zu werden und die vielen Verletzungen, die er anderen zugefügt hatte, nunmehr selbst nachempfinden zu müssen. Das Schrecklichste war aber für ihn die Erkenntnis, dass er bereit gewesen war, einem geliebten Menschen und sich selbst das Leben zu nehmen. Unbeschreibliche Schuldgefühle übermannten ihn. Schluchzend fiel er auf die Knie und bat seinem Schutzgeist um Vergebung, worauf der Film augenblicklich stoppte. Daniel deutete ihm an, sich wieder zu erheben.

„Es ist gut, dass du alle deine Fehler erkannt hast und sie aufrichtig bereust, Lukas. Du wirst Gelegenheit erhalten, sie wieder gutzumachen, wenn du das möchtest."

„Natürlich möchte ich das, Daniel, aber wie soll das denn gehen, jetzt, wo ich doch …" Abrupt hielt er im Satz inne.

Daniel lächelte ihn an. „Du brauchst den Satz nicht zu vollenden, denn was du da gerade sagen wolltest, das wäre ohnehin nicht richtig gewesen. Du wirst noch sehr viel lernen müssen, Lukas. Geh jetzt hinunter ins Tal, dein Freund Thomas wartet dort schon eine ganze Weile auf dich. Du wirst bei ihm wohnen und in dieser Zeit eine Schulung erfahren. "

Lukas sah ihn erstaunt an. „Eine Schulung, was meinst du denn damit? Für was soll ich denn geschult werden?"

„Für das Leben, Lukas."

„Für das Leben sagst du? Aber ich bin doch …"

Daniel schüttelte den Kopf. „Nein, das bist du nicht. Du lebst, und einen Tod gibt es nicht."

„So ein Unsinn", entfuhr es Lukas.

Daniel lächelte. „Du denkst und fühlst noch genau so wie in der irdischen Gedankenwelt, Lukas. Natürlich sterben Menschen, aber das betrifft nur ihre leibliche Hülle. Das Wesen aber, das ein Mensch verkörpert, lebt weiter, wenn auch in einer anderen Form. Du wirst das alles bald verstehen lernen, aber geh jetzt bitte hinunter, Lukas."

„Und du? Wohin gehst du, Daniel. Lass mich hier bitte nicht allein."

„Du brauchst dich nicht zu fürchten, denn ich werde immer bei dir sein, ganz gleich, wo du bist. Hier kommt auch schon dein Freund, um dich abzuholen."

Im gleichen Moment legte sich ein Arm um seine Schulter und drehte ihn sanft um. Thomas stand vor ihm und sagte: „Lass uns hinuntergehen."

Lukas nickte. „Warte bitte noch einen Moment, Thomas, ich will mich nur kurz von Daniel verabschieden." Doch als er sich wieder umdrehte, war sein Schutzgeist bereits verschwunden.

Thomas amüsierte sich über das erstaunte Gesicht seines Freundes. „Keine Sorge, du wirst ihn bald wiedersehen. Komm mit, ich zeige dir jetzt dein neues Zuhause."

Die beiden schlenderten ein Stück weiter am Bach entlang, der zu der kleinen Siedlung führte und dort in einen kristallklaren See mündete. Etwas abseits lag ein kleines Haus am Ufer, das unverkennbare Ähnlichkeiten mit der Blockhütte von Thomas Eltern aufwies, in der die beiden Freunde früher viele gemeinsame Stunden verbracht hatten. Ein violettartiges Licht lag jetzt über dem See und schien die Landschaft in eine Art Zauberwelt zu verwandeln.

„Einfach märchenhaft, ein richtiges kleines Paradies ist das hier", sagte Lukas.

Thomas lächelte. „Ich wusste, dass du es so sehen würdest."

Lukas sah ihn fragend an. „Wie sollte ich es denn sonst bezeichnen, Thomas?"

„Es ist schon in Ordnung, wenn du es so empfindest, aber du siehst halt vieles noch mit irdischen Augen, obwohl es nichts weiter als eine Illusion ist."

„Eine Illusion sagst du, hältst du mich etwa für verrückt?"

„Nein, natürlich nicht, bloß für ein bisschen überfordert, mein Freund, aber das geht allen so, wenn sie hier ankommen. Geh jetzt erst einmal hinein und ruh dich etwas aus, dann sehen wir weiter."

Später saßen sie vor der Blockhütte am Ufer des Sees, hoch über ihnen hell leuchtende Sterne.

Sie erschienen Lukas wie funkelnde Diamanten auf blauschwarzem Samt. Die beiden Freunde ließen wie früher Kieselsteine über das Wasser hüpfen, die kleine Wellenbewegungen auslösten und so den Sternenhimmel über ihnen in bizarren Bildern widerspiegelten. So geborgen wie hier hatte sich Lukas auf der Erde schon lange nicht mehr gefühlt.

Alles ist hier so unbeschreiblich schön, dachte er, *das muss der Himmel sein.* Im gleichen Moment sah ihn Thomas an und lächelte dabei.

„Warum lächelst du?"

„Über deine Gedanken, Lukas. Den Himmel oder die Hölle gibt es nicht, jedenfalls nicht nach irdischen Vorstellungen, die man uns früher in der Schule oder in der Kirche vermittelt hat."

„Aber … wo sind wir denn hier, wenn nicht im Himmel?"

„Es ist, wie soll ich es dir erklären, zwar nicht richtig, aber auch nicht völlig falsch. Es ist einfach alles wesentlich vielschichtiger."

„Wesentlich vielschichtiger sagst du? Was soll denn das bedeuten, und überhaupt, wieso hast du vorhin gesagt, alles sei eine Illusion?"

Thomas erhob sich. „Lass uns ein paar Schritte gehen, ich will versuchen, dir wenigstens das zu erklären, obwohl es eigentlich nicht meine Aufgabe ist, weil ich hier selbst noch ein Schüler bin."

Schweigend gingen sie eine Weile am Rand des Sees entlang. Sanfte Wellen trieben in Uferrichtung und umspülten ihre Füße. Lukas unterbrach schließlich die Stille und schaute Thomas fragend an.

„Du wolltest mir doch etwas erklären."

Thomas nickte. „Ich fange am besten mal mit einem Beispiel an. Das, was die Menschen mit ihren Augen wahrnehmen, erzeugt Bilder in ihrem Kopf, die aber nicht nur von dem, wohin sie gerade schauen, beeinflusst werden."

„Moment mal, Thomas, sprich bitte nicht in Rätseln mit mir. Von was denn sonst noch sollen Bilder abhängig sein?"

„Natürlich nimmst du einen Baum, einen Menschen oder eine Landschaft wahr, wenn du sie anblickst, aber je nachdem, in welcher emotionalen Verfassung du dich befindest, wird dir ein anderer Eindruck vermittelt. Wenn du traurig bist, wird dir ein eher grau und trüb erscheinendes Bild vermittelt. Wenn du dagegen in Gedanken ganz woanders bist, wirst du Bildeindrücke überhaupt nicht richtig wahrnehmen, während dir, wenn du glücklich bist, alles paradiesisch schön erscheint."

„Okay, das verstehe ich, du meinst also, dass das hier tatsächlich nicht so schön ist, wie ich es momentan empfinde."

Thomas schüttelte den Kopf. „Wenn du es so empfindest, dann ist es natürlich auch so schön."

„Ich verstehe offen gestanden kein Wort. Was hat denn das alles mit Illusionen zu tun, ob trist und grau oder paradiesisch schön, Fakt ist doch, dass ich eine Landschaft mit einem See und einer Blockhütte sehe, oder etwa nicht?"

Wieder lag ein Lächeln auf den Lippen seines Freundes. „Ja, denn du kannst nur das erkennen, was dir bekannt und vertraut ist und Emotionen bei dir auslöst, und nein, weil beispielsweise ein Afrikaner, ein Inder oder ein Eskimo in einer völlig anderen Umgebung lebt und sicherlich ganz andere Vorstellungen von einem Paradies oder dem Himmel hat, so wie du oder ich."

„Ich glaube, jetzt weiß ich, was du mir sagen willst. Du meinst wohl, ein Wüstenbewohner an meiner Stelle würde hier vielleicht eher eine Oase sehen?"

Thomas nickte. „Du hast es erfasst."

„Willst du damit etwa andeuten, dass es … gar keine Realität gibt?"

„Jedenfalls nicht so, wie es die Menschen annehmen, Lukas. Aber erspare mir dazu bitte weitere Erklärungen, denn das können unsere Lehrmeister sicherlich viel besser als ich. Lass uns jetzt zur Hütte zurückgehen. Wir sollten uns vor der nächsten Vorlesung noch etwas ausruhen."

„Vorlesung? Was meinst du denn damit?"

„Ich verwende diesen Ausdruck deshalb, weil er uns noch aus unserer Studentenzeit vertraut ist. Man könnte es aber genau so gut als Unterricht oder besser noch als Schule des Lebens bezeichnen, was dich erwarten wird.

„Schule des Lebens? Hier, an diesem Ort?"

„Ja, denn an jedem Ort ist das Leben, Lukas, auch hier im Jenseits, wie du ja bereits selbst erfahren hast."

„Ja, Thomas, du hast recht, das hätte ich nie geglaubt, seitdem ich …".

„Seitdem du dich noch als junger Mensch gegen die angebliche Verlogenheit deiner Kirche und deren Rituale, die dir zum großen Teil als sinnlose Heuchelei erschienen, gewehrt und so jeden Tag mehr den Kontakt zu unserem Schöpfer verloren hast", vollendete Thomas den Satz.

„Das weißt du auch, Thomas?"

„Ja, und du wirst noch viel mehr über dich erfahren und verstehen lernen. Doch lass uns jetzt umkehren."

Kapitel 4: Zwiesprache mit Gott

Irgendwie spürte Lukas, dass er beobachtet wurde. Als er die Augen aufschlug, stand Daniel vor ihm und bat ihn, mitzukommen. Ihr Weg führte sie durch eine unvergleichlich schöne Landschaft. Von einem sich ständig verändernden Licht in einer schier unendlich vielfältigen Farbenpracht angestrahlt verwandelte der Tau, der auf Wiesen, Bäumen und Sträuchern lag und das Licht in alle Richtungen streute, alles in eine funkelnde Glitzerwelt. Doch nicht nur die optischen Eindrücke, sondern auch eine ergreifende Stille lösten einmal mehr tief empfundene Gefühle von Frieden und Geborgenheit in ihm aus. Er wünschte sich nichts mehr, als für immer hier bleiben zu können und hoffte inständig, dass dieser wunderschöne Traum, falls es doch einer sein sollte, nie zu Ende gehen würde. Selbst das schönste Fleckchen Erde erschien ihm im Vergleich zu diesem paradiesischen Ort dagegen grau und trist zu sein. Erst als sie vor dem Gebäude standen, wo ihm Daniel seinen Lebensfilm präsentiert hatte, war er wieder in der Lage, einigermaßen klare Gedanken zu fassen. Sein Schutzgeist wartete schon auf ihn und winkte ihn zu sich in den Raum, den er bereits kannte. Als

Daniels Blicke ihn trafen, verspürte er augenblicklich wieder die unbeschreibliche Güte, die von diesem Geistwesen ausging und ihm Tränen in die Augen trieben. Verstohlen versuchte er, sie wegzuwischen. Daniel lächelte ihn an und sagte: „Lass deinen Gefühlen einfach freien Lauf, Lukas, das ist es, was viele Menschen auf der Erde im Laufe ihres Lebens leider verlernen und ihre Seele so mehr und mehr verkümmern lassen. Auch deine Seele hat auf der Erde darunter stark gelitten, doch wir werden sie gemeinsam wieder zu heilen versuchen. Hab keine Angst vor dem, was dich jetzt erwarten wird."

Im gleichen Moment verdunkelte sich der Raum um ihn herum und mitten darin schwebte eine Art Lichtwolke, umhüllt von einem schillernden Lichterglanz, die unbeschreiblich tiefe Gefühle von Liebe in ihm weckte. Davon überwältigt fiel er auf die Knie und bedeckte sein Gesicht mit den Händen. Doch das Licht übermittelte ihm, sich wieder aufzurichten und den Blick in seine Richtung zu wenden. Eine strahlende Helligkeit ging von diesem Wesen aus, die ihn aber dennoch nicht blendete.

„Weißt du, wer ich bin?", wurde er gefragt.

Lukas senkte wieder instinktiv seinen Kopf und wagte es kaum, diesem Wesen zu antworten. „Mein Gefühl sagt mir, dass du …", er stockte und fuhr dann fort, „ja, ich glaube, dass du Gott der Allmächtige bist."

„So nennen mich diejenigen, die im christlichen Glauben erzogen wurden", wurde ihm erwidert, „doch es gibt viele Namen für mich, dort unten auf der Erde. Jede Religion verwendet andere Begriffe für ihren Schöpfer. Doch ich bin kein Gott irgendeiner Religion, sondern ein Vater für alle Wesen, die ich einst erschaffen habe, weil ich eine unermessliche Leere in mir verspürt und mich danach gesehnt habe, meine Allmacht und meine Liebe mit anderen Wesen zu teilen. Eine vollkommene Welt von Geistwesen sollte mich umgeben, meine göttlichen Gesetze befolgen und dafür meine göttlichen Gaben empfangen. Alles, was im unendlichen Universum existiert, wurde von mir erschaffen und wird von meiner unendlichen Kraft der Liebe belebt. Ich habe allen menschlichen Wesen meine göttlichen Gesetze vermittelt, an denen sie sich orientieren und sich in Liebe entwickeln sollen. Ich habe ihnen aber auch einen freien Willen gegeben, damit sie selbst entscheiden können, was sie tun oder lassen wollen."

Lukas wagte kaum, ihm darauf zu antworten. „Aber viele Menschen dort unten wissen nicht, was sie im Leben tun oder lassen sollen, was richtig oder falsch ist. Die Zehn Gebote, die du Moses verkündet hast, so wie es in der Bibel steht, kennen die meisten zwar, aber mir scheint, dass sie nicht allzu viele beachten, weil sie den meisten Menschen heutzutage als nicht mehr zeitgemäß erscheinen."

„Die Bibel ist ein von Menschen geschaffenes Werk, das wie alles, was über mich verkündet worden ist, etwas nach irdischen Maßstäben Unbeschreibliches in Gleichnissen wiedergibt, um es in sich aufnehmen und verstehen zu können. Aber die Abbilder, die so von mir entstanden sind, können die göttliche Realität nicht widerspiegeln, und so haben mich die Christen als alten Mann mit langen Haaren und grauem Bart in einem langen Gewand dargestellt, weil dies zur damaligen Zeit den Idealvorstellungen der Menschen von einer Vaterfigur entsprach, die ich für alle verkörpere. Doch zurück zu den göttlichen Geboten. Letztlich leiten sich alle aus dem Gesetz der Liebe ab, meinem höchsten Gebot, das alles andere umfasst und das Ursprung und Sinn des Lebens zugleich ist. Unendliche Liebe ist alles, was mich kennzeichnet und was allen Geistwesen im göttlichen Universum durch mich zuteil wird. Alles, was ich tue, geschieht aus Liebe zu meinen Kindern. Meine Weisheit erkennt ihr in mannigfaltigen Arten, Formen und Gattungen der Schöpfung und in ihrem unendlichen Gedankenreichtum. Meine Weisheit ist eine Tochter der göttlichen Liebe, die nichts zu tun hat mit der Lieblosigkeit der Weisheit vieler Wesen auf der Erde, denn die Erste wird von der unendlichen Liebe, die Zweite aber von der kalten Berechnung des weltlichen Verstandes geleitet. Mein Wille war es, der alles zuwege gebracht und die Welt erschaffen hat, und mein

Wille ist es, die Erde in ein Paradies zu verwandeln und meinen Kindern zur Bewohnung zu übergeben. Ohne meine Ordnung kann die Welt nicht bestehen, weil ohne sie alles, im Großen wie im Kleinen, in Unordnung geraten und zerstört werden würde. Die Ernsthaftigkeit, mit der ich Tugenden pflege, ist es, die die Welt in ihren Grundfesten erhalten wird. Und in meiner Ewigkeit ist die Geduld begründet, die letztlich alles zustande bringen wird, was diese fünf Eigenschaften bewirken sollen. Gott überstürzt nichts, seine Mühlen mahlen langsam, aber gründlich, wie ein weiser Spruch auf Erden lautet. Ich werde nicht eher ruhen, bis alle meine Kinder, auch die Sünder und Verbrecher, den Weg zu mir zurückgefunden haben. Meine Barmherzigkeit soll dafür Garant sein, denn die Herrschaft des Bösen wäre schon längst von mir vernichtet worden, wenn mich menschliche Eigenschaften leiten würden. Ihr alle sollt auf eurem Lebensweg meine Tugenden pflegen, um als wahre Kinder Gottes zu mir zurückkommen zu können. Doch für viele von euch wird es bis dahin noch ein unendlich langer Weg sein."

Kaum waren die letzten Worte verklungen, erlosch die Lichtwolke und der Saal erhellte sich wieder. Lukas stand eine Weile wie versteinert da und war zu keiner Reaktion fähig. Schließlich legte Daniel einen Arm um seine Schulter und führte ihn nach draußen.

„Geh jetzt zurück, Lukas", sagte er, „und lass das, was du jetzt erlebt hast, erst einmal in Ruhe auf dich einwirken. Ich werde dich hier erwarten, wenn du wieder zurückkommst."

Lukas sah ihn erstaunt an. „Und woher willst du wissen, wann ich zurückkommen werde?"

Ein vielsagender Blick traf ihn. „Hab Vertrauen, Lukas, wann immer du kommst, ich werde da sein." Im gleichen Moment war auch Daniel nicht mehr zu sehen.

Thomas wartete schon vor der Hütte auf ihn. Die innere Erregung war Lukas noch immer anzumerken. Eine Weile saßen sie schweigend nebeneinander, bis Thomas fragte: „Hat er ... mit dir gesprochen?"

Lukas nickte stumm.

„Möchtest du darüber reden?"

„Nein, Thomas, ich bin von Gefühlen noch so überwältigt, dass ..."

„Schon gut, ich weiß, was du jetzt fühlst. Uns allen hier ist es so ergangen. Ich lasse dich jetzt mit deinen Gedanken und Gefühlen allein."

Lukas saß noch lange alleine draußen. Ein glutrotes Licht lag jetzt über dem See und schien ihn in ein Meer voller Blut zu verwandeln. Lukas verspürte erneut die überwältigende Liebe und Sehnsucht nach dem göttlichen Lichtwesen, verbunden mit dem unbändigen Wunsch, in dieses Licht einzutauchen und für immer mit ihm zu verschmelzen. Irgendwann fielen ihm vor Erschöpfung die Augen zu.

Kapitel 5: Der Großvater

Er wusste nicht, wie lange er geschlafen hatte, als er spürte, wie ihn jemand sanft berührte. Thomas stand vor ihm.

„Geht es dir gut?", fragte er.

Lukas nickte.

„Möchtest du mit zur Bibliothek kommen?"

Er schüttelte den Kopf. „Nein … das heißt, natürlich nur, wenn ich nicht muss. Ich glaube, ich bin jetzt einfach noch nicht aufnahmefähig für etwas Neues. Ich möchte lieber alleine sein und mir die Umgebung hier ein wenig näher anschauen. Geht das?"

„Natürlich geht das. Du wirst hier von niemand zu irgendetwas gezwungen. Lass deinen Gedanken und Gefühlen einfach freien Lauf und tue, was du möchtest. Irgendwann wirst du von selbst spüren, dass du wieder bereit für eine neue Lektion bist."

„Gut, sag Daniel bitte Bescheid, dass ich heute nicht komme."

Mit einem Lächeln auf den Lippen schüttelte Thomas den Kopf. „Du musst noch viel lernen, mein Freund, denn hier gibt es kein Gestern, kein Heute und kein Morgen, und Daniel brauche ich nicht Bescheid zu sagen, denn er weiß es auch so.

Genieße einfach deine Zeit, solange du möchtest."

Nachdem Thomas gegangen war, machte sich Lukas alleine auf den Weg. Zu Lebzeiten hatte er gerne Reisen unternommen und schon viel von der Welt gesehen, aber was er hier zu sehen bekam, war einzigartig. Eine von Menschenhand unberührte Landschaft lag vor ihm mit sanften Hügeln, saftigen Wiesen und einer Pflanzenpracht, die er zuvor nie gesehen hatte. Alles erschien ihm gleichermaßen fremd und doch irgendwie vertraut zu sein, eine Märchenwelt, genau so, wie sie ihm manchmal in seinen Träumen dort unten auf der Erde erschienen war und nach der er sich immer gesehnt hatte. Und jetzt ... war er tatsächlich hier, in seinem Paradies, oder war es auch jetzt nichts weiter als ein Traum? Als er eine kleine Anhöhe erreichte, stockte ihm fast der Atem. Weit draußen am Horizont sah er die Erde schweben, so wie er sie von Satellitenbildern aus dem Weltall kannte, als ein vom Sonnenlicht angestrahlter blauer Planet. Ein Anblick, der in ihm plötzlich Gefühle von Einsamkeit und Verlorenheit auslöste. Er verspürte eine tiefe Sehnsucht nach dieser Welt, die ihm vertraut war, und nach den Menschen, die er dort zurückgelassen hatte.

„Und was ist mit mir, mein Junge?", hörte er plötzlich die Stimme seines Großvaters hinter sich, der vor vielen Jahren an Krebs gestorben war.

Als er sich umdrehte, stand der Großvater nur zwei Schritte vor ihm, eine Art Lichtwesen in der Gestalt seines Opas, aber nicht als alter und von der Krankheit gezeichneter Mann, wie er kurz vor seinem Tod ausgesehen hatte, sondern so, wie er ihn als Kind in Erinnerung hatte, als kerngesunden und fürsorglichen Menschen.

„Opa, wo kommst du denn auf einmal her? Ich habe dich überhaupt nicht gesehen", sagte er. Das vertraute Lächeln des alten Mannes berührte ihn tief und löste Kindheitserinnerungen in ihm aus. Nachdem sich seine Eltern getrennt hatten, war er mit seiner Mutter in deren Elternhaus gezogen. Seine Großmutter hatte er nie kennengelernt, weil sie noch vor seiner Geburt gestorben war. Der Großvater lebte seitdem alleine und freute sich, dass mit der Tochter und dem Enkelsohn wieder Leben in sein Haus kam. Er ging mit dem Jungen auf den Bolzplatz, brachte ihm das Radfahren und das Schwimmen bei und half ihm auch, wenn er in die Schule etwas nicht verstand. Zusammen mit seinem Hund Teddy, einem schwarzen Zwergpudel, durchstreiften sie Wälder und Felder und zelteten nachts manchmal heimlich am nahe gelegenen Fischweiher. Opa und Enkelsohn waren wie ein Herz und eine Seele, jedenfalls so lange, bis Lukas in die Pubertät kam und sich allmählich von der Mutter und dem Großvater abzulösen begann. Dem Opa machte dieses Abnabeln offenbar noch mehr zu schaffen als seiner Mutter. So zog er sich immer mehr zurück und wurde ein mürrischer alter Mann, dem man nichts mehr recht machen konnte. Obwohl eines Tages bei ihm Krebs entdeckt worden war, ließ er sich nicht operieren und verweigerte jede ärztliche Behandlung, bis ihn seine Mutter eines Morgens tot in seinem Bett fand.

„Ja Lukas, das war nicht leicht, damals, denn du warst wie ein Sohn für mich, wie ein richtiger Jungbrunnen", gab ihm sein Großvater zu verstehen. Offenbar hatte er seine Gedanken mitempfunden. „Als du dann deine eigenen Wege gegangen bist, habe ich mich auf einmal sehr alt und einsam gefühlt. Plötzlich war niemand mehr da, der mich gebraucht hat. Das hat mir damals jeden Lebensmut geraubt und mich krank werden lassen. Aber jetzt freue ich mich umso mehr, dass du hier bist. Doch hier sind noch ein paar andere ehemalige Lebensgefährten, die dich begrüßen möchten. Schau dich mal um."

Hinter sich hörte er plötzlich ein leises Winseln. Als er sich umdrehte, sprang ein Hund schwanzwedelnd an ihm hoch, in dem er gleich seinen Teddy wieder erkannte.

„Ja, Teddy, was machst du denn hier", sagte er und musste selbst über diese Bemerkung schmunzeln. Dass es auch im Himmel Tiere gibt, das hätte er zu Lebzeiten keinem geglaubt.

„Oh ja, es gibt sie, wie du siehst, denn auch sie sind Gottes Geschöpfe und auch für sie bedeutet der irdische Tod nicht das Ende", hörte er den Großvater sagen. „Du wirst auch deinen anderen

Tieren, den Katzen, den Hasen, dem Wellensittich, den Kanarienvögeln und auch den Hamstern hier irgendwo wiederbegegnen. Viele, die vor dir gegangen sind, befinden sich hier. Mit deinem Freund Thomas, der mit dem Motorrad tödlich verunglückt war, habe ich mich noch vor Kurzem über dich unterhalten."

„Ich kann es noch immer nicht fassen, Opa, dass es hier einerseits so völlig anders, aber andererseits auch nicht völlig fremd im Vergleich zum irdischen Dasein ist. Ich erinnere mich noch an die Geschichten vom himmlischen Paradies, die du mir manchmal erzählt hast, als ich noch ein kleiner Knirps war. Du hast damals wunderschöne Bilder in meinem Kopf entstehen lassen, und du wirst jetzt lachen, denn vieles davon habe ich tatsächlich hier genau so wiedergefunden."

Das zustimmende Nicken seines Großvaters irritierte ihn etwas. „Nein, mein Junge, ich werde jetzt nicht lachen, denn wir alle leben in einer Welt voller Gedanken und Gefühle, und das ist es, was wir wirklich wahrnehmen." Über den erstaunten Blick seines Enkels, der ihn traf, musste er schmunzeln. „Ich weiß, dass du das jetzt nicht verstehen kannst und noch viel lernen musst. Drum geh ihn jetzt weiter, deinen Weg, Lukas, und wenn dir danach sein sollte, dann treffen wir uns wieder."

„Aber wie soll das denn gehen, Opa?"

„Du brauchst nur an mich zu denken, Lukas, dann werde ich da sein. Aber geh jetzt weiter zur

Bibliothek, mein Junge, du wirst dort schon erwartet."

Kapitel 6:   Unterwegs mit Daniel

Als Lukas die Anhöhe zur Bibliothek erreichte, stand Daniel schon vor der Tür.
„Schön, dass du wieder da bist, geht es dir gut?", fragte er ihn.

Lukas nickte. „Ja, es geht mir sehr gut und ich möchte jetzt alles erfahren, über das Leben, über den Tod, über Gott, über den Himmel und auch über die Hölle, falls es eine gibt."

„Oho, du sprühst ja förmlich vor Energie. Dein Tatendrang freut mich sehr, aber bevor wir uns diesen Fragen widmen, die du gerade gestellt hast, wirst du noch ein paar grundsätzliche Dinge lernen müssen, um alles richtig verstehen zu können. Lass uns ein Stück in Richtung des Berges dort gehen", erwiderte Daniel und zeigte auf einen Berggipfel jenseits des Tales, das vor ihnen lag. Die Landschaft war jetzt in ein violettblaues Licht getaucht. Sie gingen eine Weile schweigend voran. Daniel schritt voraus und ließ Lukas hinter sich die einzigartige Schönheit der Umgebung ungestört genießen. Am Rande eines Bergbaches, den sie überquerten, drehte er sich zu ihm um.

„Lass uns hier eine Weile ausruhen, ich möchte dir dabei einiges über die göttliche Schöpfung erzählen."

„Meinst du die Schöpfungsgeschichte, so wie sie in der Bibel niedergeschrieben wurde?"

Daniel nickte bedächtig. „Ja und nein, denn du musst bedenken, dass die Bibel eine symbolhafte Schilderung für Menschen ist, die vor sehr langer Zeit lebten. Sie wurde in einem einfachen bildhaften Stil verfasst, damit sie die Menschen mit ihrem damaligen Wissens- oder Bildungsstand auch verstehen konnten."

„Das leuchtet mir ein, Daniel. Unser Schöpfer hat mir das auch bereits erklärt. Aber offen gestanden bin ich mir daher nicht mehr so ganz im Klaren darüber, ob ich dem noch Glauben schenken kann, was in der Bibel geschrieben steht."

Nachdenklich sah ihn Daniel eine Weile an. „In den Kernaussagen oder vielmehr im übertragenen Sinne trifft es zu, was dort niedergeschrieben ist, aber man darf nicht alles wörtlich nehmen, so wie es dargestellt wurde. Das gilt im Übrigen nicht nur für die Bibel, sondern für Vieles, was von Menschenhand verfasst wurde. Du weißt es jetzt selbst, dass menschliche Beschreibungen und Bilder von ihm kaum möglich sind, weil der menschlichen Sprache dafür einfach die passenden Worte und Begriffe fehlen. Was man in der Bibel schwarz auf weiß liest, sind irdische Beschreibungen von etwas nach menschlichen Maßstäben Unbeschreiblichem. Dennoch sind sie unverzichtbar. Die wichtigste Botschaft, die es zu verkünden gibt, war und ist, dass Gott die Allmacht ist, in der der Ursprung von allem liegt. Es gibt nichts vor unserem Schöpfer und es wird nichts nach ihm geben. Wie du sicher auch von ihm erfahren hast, stellte er die Geistwesen auf die unterste Stufe der Himmelsleiter, von der sie sich mit wachsender Erkenntnis zu ihm nach oben bewegen sollen.

„Entschuldige bitte, aber das habe ich nicht ganz verstanden. Was meinst du mit der untersten Stufe … und wie viele Stufen hat diese Himmelsleiter denn?", unterbrach ihn Lukas. „Ich meine, wenn ich früher dort unten auf der Erde war, dann bin ich jetzt doch wohl hier oben im Himmel. Und falls es auch eine Hölle geben sollte, dann müsste dies doch die unterste Stufe sein. Hat sie also drei Stufen, diese Leiter, und haben alle Geistwesen etwa ihren Ursprung in der Hölle gefunden?"

Daniel schüttelte den Kopf. „Nein, natürlich nicht, Lukas. Eine Hölle gibt es nicht, jedenfalls ist sie ebenso wenig wie der Himmel als ein bestimmter Ort zu verstehen. Sie ist vielmehr das, was man aufgrund irdischer Verfehlungen erleiden muss, ein Sinnbild für schwere Leiden und Schmerzen, für Verzweiflung, Gewissensbisse und Verbitterung. Es gibt insgesamt sieben Fallebenen oder Universen unter Gott, wovon die Erde die unterste Fallebene darstellt.

Kennzeichnend für die Erde ist das Grobstoffliche oder materielle, während die anderen
Ebenen feinstofflicher Natur in unterschiedlichen
Nuancen sind und daher von den Menschen auch
nicht wahrgenommen werden können."

„Das verstehe ich nicht, was meinst du mit
grobstofflich und feinstofflich, Daniel?"
„Nun, die Materie musst du dir als ein Produkt
göttlicher Gedankenkraft vorstellen. Auf der Erde
ist Materie von grobstofflicher Art, man kann
vereinfacht ausgedrückt etwas anfassen oder ergreifen, doch je höher die jenseitigen Ebenen
sind, desto feinstofflicher wird die Materie.
Dadurch folgt sie immer weniger irdischen
Gesetzmäßigkeiten und lässt sich zunehmend
durch reines Bewusstsein, über Gedanken und
Gefühle, und damit frei von Formgebundenheit
beeinflussen. Dort unten auf der Erde finden
Auseinandersetzungen zwischen der Finsternis
und dem Licht statt. Man kann sich die Erde als
Planet der Buße und der Sühne vorstellen, obwohl auch dort die Herrlichkeit himmlischer
Welten vereinzelt wahrzunehmen ist, wie du auf
deinen Reisen ja selbst feststellen konntest. Auch
bei deinen Vergleichen zwischen hier und dort
konntest du einerseits zwar gewaltige Unter-
schiede, andererseits aber auch gewisse Parallelen
erkennen."

„Ja, das ist wahr, Daniel. Man lebt auch hier in
Regionen, Räumen und Gruppen mit Vertrauten
zusammen. Hier finden Schulungen statt, es gibt

einen Tagesplan mit Ruhe und Erholungspausen, obwohl es hier Tag und Nacht wie auf der Erde nicht zu geben scheint. Hier ist es einzigartig schön, aber …", er zögerte einen kurzen Moment und fuhr dann fort, „aber manchmal sehne ich mich schon noch auf die Erde zurück. Ich weiß auch nicht warum, aber ich kann mich einfach noch nicht ganz davon freimachen."

Daniel lächelte vielsagend. „Man kann auch von hier aus für eine Weile zur Erde zurück-kehren, als für die Menschen unsichtbares Wesen."

Lukas sah ihn kopfschüttelnd an. „Das meinst du doch nicht im Ernst, Daniel."

„Du kannst dich hier alleine mit der Kraft deiner Gedanken jederzeit zu jedem Ort hin-bewegen. Es ist im Prinzip ähnlich wie auf der Erde, wo du dich zumindest in Gedanken manch-mal an einem ganz anderen Ort befindest, als du es mit deinem Körper tatsächlich bist."

„Ja schon, aber das ist ja auch etwas völlig anderes. Doch das, was du da gerade erzählst, das klingt wie in einem schlechten Science Fiction-Film, in dem die Darsteller mit weiß Gott was für einer Maschine dematerialisiert und sonst wohin gebeamt werden."

Daniel schmunzelte. „Eine überaus zutreffende Bemerkung von dir, denn Gott weiß tatsächlich, mit was für einer Maschine. So völlig daneben liegen die geistigen Väter derartiger Filme auch nicht, nur dass man hier im Jenseits dazu keine

Maschine braucht, weil man schon dematerialisiert ist und auf feinstofflicher Ebene weiterexistiert. Es gibt auch keinen bestimmten Ort für das Jenseits, wie das nach menschlichen Vorstellungen der Fall ist. Das Jenseits muss man sich in jeder der sieben Sphären vielmehr als einen Bewusstseinszustand vorstellen, aber ich möchte dich damit jetzt nicht überfordern. Später wirst du das alles etwas besser verstehen. Doch zurück zu den Reisen, zu denen die Seele in der Lage ist. Es gibt sie nicht nur hier im Jenseits, sondern auch auf der Erde. Viele Menschen haben derartige Astralreisen schon erlebt, so wie auch du sie erleben darfst. Drum nutze diese Möglichkeit, solange sie dir gegeben wird."

„Was willst du damit sagen, solange sie dir gegeben wird?"

Daniel schüttelte den Kopf. „Das würdest du jetzt nicht verstehen, Lukas. Du musst lernen, dich in Geduld zu üben und anderen zu vertrauen."

„Das sind aber nicht gerade meine Stärken, Daniel."

„Wem sagst du das, und das ist auch ein wichtiger Grund, warum du hier bist. Doch lass uns jetzt ein Stück weitergehen."

Schweigend stiegen sie weiter hinauf in Richtung des Gipfels. Lukas folgte Daniel mit gesenktem Kopf in einem immer größer werdenden Abstand, denn die Gedanken an das, worüber er mit Daniel gerade gesprochen hatte, lähmten seine Bewegungen und ließen ihn seine Umgebung kaum noch wahrnehmen. Irgendwann schaute er auf, doch Daniel war nicht mehr zu sehen. Panische Angst durchfuhr ihn plötzlich. War er etwa hier alleine in dieser Umgebung, die ihm mit einem Schlag überhaupt nicht mehr schön und friedlich, sondern fremd und bedrohlich erschien. Mit hastigen Schritten eilte er den Berg hinauf und rief Daniels Namen. Keine Antwort. Was sollte er tun, stehen bleiben, weitergehen oder vielleicht lieber umkehren?

„Warum zweifelst du schon wieder, Lukas, glaubst du wirklich, dass dich dein Schutzgeist verlässt? Hatte ich dir nicht gerade eben geraten, anderen zu vertrauen?", hörte er Daniels Stimme über sich. Als er hinaufschaute, sah er ihn ein Stück über sich schweben, in eine Aura aus schillernden Farben eingehüllt.

„Bitte entschuldige mein Misstrauen, Daniel, aber das Leben und die Erfahrungen dort unten auf der Erde haben mich im Laufe der Jahre so verändert."

„Und deshalb musst du wieder lernen, nicht immer alles nur negativ zu sehen."

„Aber ich kann doch nicht jedem blind vertrauen, um immer wieder die gleichen negativen Erfahrungen zu machen."

„Nein, Lukas, blindes Vertauen wäre wirklich töricht, aber Gott hat dir nicht nur zwei Augen zum Sehen, sondern auch die Möglichkeit gegeben, mit dem Herzen zu fühlen und zu erkennen, ob es jemand wirklich ehrlich mit dir meint oder nicht."

„Das sagst du so einfach, Daniel, aber unter Gottes Geschöpfen gibt es leider viele Heuchler."

„Das ist wohl wahr, aber Gott hat jedem Menschen Gaben geschenkt, mit denen er die Spreu vom Weizen zu trennen vermag. Als Augen der Seele möchte ich sie bezeichnen. Nur sind bei vielen diese Gaben im Laufe der Zeit mehr und mehr verkümmert. Vertraust du denn mir, Lukas?"

„Aber natürlich, Daniel, dir würde ich blind …", er stockte für einen Moment mitten im Satz und fuhr dann fort, „ja, du hast recht, bei dir habe ich vom ersten Augenblick an gespürt, dass ich dir vertrauen kann."

„Doch nicht etwa aufgrund meiner Zauberstückchen, wie jetzt gerade als schwebender Schutzgeist?"

„Nein Daniel, ich glaube, bei dir war es mir möglich, mit den Augen der Seele, wie du es formuliert hast, zu erkennen, dass du es gut mit mir meinst, aber du bist auch eine ungeheuer starke Persönlichkeit …"

„… bei der es dir leicht fällt, so etwas zu erkennen", vollendete Daniel den Satz für ihn.

Lukas nickte.

„Deshalb musst du dein Herz und deine Seele noch mehr schulen, mein Freund, damit sie auch bei weniger starken Persönlichkeiten den richtigen Durchblick hat, um es mal bildlich auszudrücken."

Wieder nur ein stummes Nicken.

„Reich mir deine Hand, Lukas, denn wir wollen da oben hinauf", sagte Daniel und deutete auf den majestätisch vor ihnen liegenden Berggipfel in schwindelerregender Höhe."

„Aber das ist doch viel zu weit und zu schwer, Daniel."

„Wolltest du mir nicht Vertrauen schenken?"

„Natürlich, bitte entschuldige", erwiderte Lukas und streckte ihm die rechte Hand entgegen. Im gleichen Augenblick bewegten sie sich mit atemberaubender Geschwindigkeit auf den Gipfel zu und landeten auf einem schmalen Felsvorsprung, der ihnen einen unvergleichlichen Blick auf die unter ihnen liegende Landschaft bot. Eine Weile saßen sie schweigend nebeneinander und genossen den Ausblick, bis Daniel die Stille unterbrach.

„Gottes Gesetze hast du ja schon vernommen, Lukas. Sie zu befolgen setzt bestimmte Eigenschaften voraus, über die ich jetzt mit dir sprechen möchte. Das wichtigste göttliche Gesetz, das Gesetz der Liebe, kann man natürlich nur beachten, wenn man selbst die Gabe der Liebesfähigkeit besitzt. Eure Aufgabe besteht allerdings nicht nur darin, Liebe zu suchen, sondern gleichermaßen auch Liebe zu geben."

„Was willst du damit sagen, Daniel, doch nicht etwa, dass man Liebe geben muss, ohne selbst dafür Liebe oder Gegenliebe erwarten zu dürfen?"

„Man darf Liebe nicht als Ware oder als Geschäft betrachten, bei dem sich Leistung und Gegenleistung die Waage halten müssen. Man muss vielmehr dazu bereit sein, auch Liebe zu geben, wenn diese nicht in entsprechendem Maße erwidert wird."

„Das sagt sich so einfach, Daniel, es gibt sicherlich einige Menschen auf der Erde, bei denen mir das leicht gefallen ist, aber hast du eine Vorstellung, wie viele dir das Leben auf der Erde schwer, um nicht zu sagen zur Hölle zu machen versuchen?"

Sein Schutzgeist schien sich über diese Bemerkung zu amüsieren, wie Lukas aus Daniels Schmunzeln schloss. „Und ob ich die habe, Lukas, doch umso wichtiger ist es dennoch, allen Menschen wahre Liebe zuteil werden zu lassen. Viele glauben jedoch, ihren Mitmenschen mit oberflächlicher Höflichkeit und Freundschaftlichkeit gerecht werden zu können, hinter der sie ihre tatsächlichen und oft negativen Gefühle wie Neid, Missgunst oder Hass zu verbergen versuchen."

„Aber das machen doch viele dort unten, ich meine aus purer Höflichkeit."

Daniel nickte. „Nur die meisten Menschen spüren trotzdem, ob es ehrlich gemeint ist oder nicht."

„Schon, aber was wäre denn die Alternative?"

„Nun, zunächst sollte jeder, der negative Gefühle gegen andere empfindet, versuchen, diesen
entgegenzuwirken."

„Und wie?"

„Selbstlos lieben heißt, die Schwächen und
Fehler seiner Mitmenschen zu tolerieren und sie
deswegen nicht zu verurteilen oder sich über sie
zu erheben. Selbstlos lieben heißt aber auch, un-
voreingenommen und ohne Missgunst anzu-
erkennen, wenn ein anderer einem selbst gegenüber im Vorteil ist, ganz gleich, um was es sich
hierbei handelt."

„Das sagt sich zwar alles so leicht, Daniel,
aber die Menschen können Ungerechtigkeit nur
schwer ertragen."

Daniel schüttelte den Kopf. „Mit Ungerechtigkeit hat das nichts zu tun."

„Und ob, wie würdest du es denn sonst bezeichnen, wenn einer arm wie eine Kirchenmaus
ist und der andere im Geld schwimmt, oder wenn
einer topfit und kerngesund ist, während sich der
andere krank und mit Schmerzen durchs Leben
quält, oder …"

„Lass es gut sein, Lukas", unterbrach in
Daniel, „ich weiß, du könntest jetzt sicher noch
Dutzende Beispiele aufzählen, und doch hätten
sie alle nichts mit Ungerechtigkeit zu tun."

„Tut mir leid, Daniel, aber das sehe ich anders.
Wieso haben sie deiner Meinung nach nichts mit
Ungerechtigkeit zu tun?"

„Weil sich derartige Vergleiche nur auf eine unzulässige Momentaufnahme beziehen."

„Und was ist daran falsch?"

„Nun, man muss das alles in einem größeren Zusammenhang sehen. Vielleicht war der Reiche auch mal bettelarm und hat sich seinen Reichtum erarbeitet, während der Arme möglicherweise auch einmal reich war und sein Vermögen verprasst hat, oder …"

„Stopp, Daniel, du hast mich eben nicht zu Unrecht unterbrochen, aber das darf ich dann auch für mich in Anspruch nehmen. Auch du könntest jetzt sicher noch eine Reihe von Beispielen aufführen, die deine These stützen, aber überzeugen kannst du mich damit nicht, denn ich kenne genügend Menschen, die ein Leben lang meist nur Glück haben, während andere permanent vom Unglück verfolgt sind."

Daniel sah ihn nachdenklich an. „Ein Leben lang, sagst du. Dazu gäbe es jetzt einiges zu sagen, aber das wäre noch zu früh, denn der richtige Zeitpunkt dafür ist noch nicht gekommen. Wir werden darauf aber noch einmal zu sprechen kommen."

„Und wann?"

„Du musst Geduld haben, Lukas, aber lass mich zum Begriff Liebe noch etwas sagen, weil diese von den Menschen meist nur als großes Gefühl von beiden Seiten verstanden wird. Wahrhaftige Liebe ist aber mehr als das, sie ist die stärkste Kraft im Universum und hat nur positive

Eigenschaften, sie wetteifert nicht, sie straft nicht, sie zürnt nicht und sie neidet nicht. Die Nächstenliebe ist die höchste Form der Liebe, weil sie von einer Gesinnung des Willens getragen wird. Den Nachbarn zu lieben heißt nicht unbedingt, Zuneigung für ihn zu empfinden, aber ihm dennoch Gutes zu wünschen und Gutes für ihn zu tun. Ihr sollt in euren Mitmenschen nicht Feinde erkennen, sondern Geschwister. Dankbarkeit für ein derartiges Verhalten darf man zwar erhoffen, aber nicht erwarten. Vielmehr muss man auch bereit sein, Erniedrigung mit Demut zu ertragen und dennoch Liebe zu geben. In den Herzen der Menschen ist leider zu viel Kälte und das ist das große Liebesdefizit, unter dem Viele leiden, weil sie ihre persönlichen Interessen als Individuum zu sehr in den Vordergrund stellen und sich nicht als Teil eines Ganzen begreifen. Wenn jeder nur seine eigenen Vorteile sucht, wird dies zwangsläufig zulasten anderer gehen."

„Stopp Daniel, entschuldige bitte, wenn ich dich unterbreche, aber das, was du da gerade von dir gibst, sind in meinen Augen nur fromme Sprüche, die mich schon zu Lebzeiten genervt haben, als sie der Pfarrer von der Kanzel und der Religionslehrer im Unterricht gepredigt haben, ohne sich selbst im Geringsten daran zu halten. Die Realität auf der Erde sieht nun mal anders aus. Dort unten hilft dir niemand, dort musst du selber schauen, wie du zurechtkommst, ohne von deinen Mitmenschen permanent benachteiligt oder übers Ohr gehauen zu werden. Und sei mir bitte nicht böse, ohne Wettbewerb hätte es nie einen derartigen Fortschritt gegeben. Besser zu sein oder mehr erreichen zu wollen als andere ist aus meiner Sicht jedenfalls unverzichtbar."

Daniel nickte. „Das stimmt zweifellos, Lukas, doch Fortschritt und Erfolg dürfen nicht im Widerspruch zu den göttlichen Geboten erkauft werden, sondern müssen im Einklang mit ihnen stehen. Viele Menschen setzen sich jedoch einfach darüber hinweg und wundern sich dann, dass die Welt im Chaos versinkt."

„Aber wenn es doch alle machen, dann bleibt einem selbst auch nichts weiter übrig, als sich genau so zu verhalten, denn sonst wäre man ja immer der Dumme."

„Nein, mein Freund, erstens machen es zum Glück nicht alle, denn es gibt durchaus Menschen, die ein selbstloses Leben führen und sich zum Wohle anderer einsetzen, und selbst wenn es so wäre, müsstest du der Erste sein, der allen anderen mit gutem Beispiel vorangeht, Lukas. Ich möchte, dass du in Ruhe über all das nachdenkst, worüber wir jetzt gesprochen haben. Den Weg zurück zu Thomas wirst du sicher alleine finden."

„Aber Daniel, du kannst mich doch jetzt nicht im Stich lassen. Ich kenne mich hier nicht aus, wie soll ich denn alleine zurückfinden?"

„Du kennst dein Ziel, Lukas, und wenn du es wirklich erreichen möchtest, wird es dir auch gelingen."

„Ich habe Angst ohne dich, bitte bleib bei mir, Daniel."

„Ich habe dich noch nie allein gelassen, Lukas, auch jetzt nicht, doch du musst lernen, deinen Weg alleine zu gehen. Steh bitte auf, ich zeige dir, in welche Richtung du gehen musst."

Daniel fasste ihn an der Schulter und drehte ihn in eine Richtung, in der ein Stück unterhalb des Gipfels ein schmaler Pfad zu erkennen war, der ins Tal zu führen schien.

„Ja, jetzt sehe ich ihn auch, Daniel", sagte Lukas, „aber lass uns bitte zusammen zurückgehen, denn in deiner Gegenwart fühle ich mich einfach sicherer."

„Wie ich schon sagte, ich werde immer bei dir sein. Vertrau mir und mach dich auf den Weg", hörte er Daniel sagen, doch als Lukas sich nach ihm umdrehen wollte, war sein Schutzgeist schon nicht mehr zu sehen.

So machte er sich alleine auf den Weg. Irgendwann erreichte er die Hütte am See. Thomas saß davor und schien auf ihn gewartet zu haben.

„Wo warst du denn so lange?", fragte er.

Lukas erzählte ihm von seinem Erlebnis mit Daniel und beklagte sich darüber, dass dieser ihn den weiten Rückweg hatte allein machen lassen.

„Du bist noch viel zu sehr mit irdischen Gepflogenheiten behaftet", erwiderte Thomas. „Daniel hat dir doch beim Aufstieg gezeigt, wie einfach es ist, sich gedankenschnell von einem Ort zum anderen zu bewegen."

„Ja, aber dazu fehlt mir irgendwie noch der Mut."

„Warum denn, es ist nichts anderes, als wenn du dich auf der Erde in Gedanken an einen anderen Ort bewegst? Auch dort kann man in Gedanken auf Reisen gehen."

„Na ja, aber doch nur virtuell und nicht materiell."

„Du sagst es, denn hier spielt das Materielle bekanntlich keine Rolle, mein Freund. Ich werde es dir demnächst beibringen, aber ruh dich jetzt erst einmal aus, Lukas."

Kapitel 7:   Ausflug zur Erde

Lukas wusste nicht, wie lange er geschlafen hatte. Als er erwachte, stand Thomas vor ihm und fragte: „Hast du Lust auf einen Trip zum Planeten Erde?"

Lukas sah seinen Freund kopfschüttelnd an. „Das ist doch jetzt nicht dein Ernst, Thomas? Ich bin … ich meine, wir sind doch beide tot."

„Hast du tatsächlich das Gefühl, dass du tot bist, Lukas?"

„Ja, äh … nein." Für einen kurzen Moment schwieg er und fuhr dann fort: „Ach, ich weiß selber nicht, was mit mir los ist, Thomas."

„Du bist nicht tot, Lukas, genau so wenig, wie ich es bin, oder Daniel oder all die anderen hier. Du hast nur deinen irdischen Körper verlassen, so ähnlich wie eine Raupe, die so lange auf der Erde herumkriechen muss, bis sie sich eines Tages in einen Schmetterling verwandelt und durch die Luft bewegen kann."

„Das ist ja ein toller Vergleich."

„So ist es, und daher lass es uns gleich mal mit einem Flug zur Erde ausprobieren. Wo möchtest du denn hin?"

„Ich glaube, du spinnst, Thomas, aber lass es uns meinetwegen versuchen. Also, was muss ich tun? Leider sind wir beide hier noch nicht zum Engel aufgestiegen. Flügel fehlen uns jedenfalls noch."

Thomas grinste bei dieser Bemerkung. „Richtig, aber wer weiß, vielleicht gelingt uns das ja auch noch eines Tages. Aber wir brauchen keine Flügel, sondern nicht mehr als ein Ziel und den Wunsch, dort zu sein. Daher noch mal die Frage: Wo willst du hin?"

„Na schön. Also … ich möchte gerne mal auf den Bahamas am Strand spazieren gehen und mit Delfinen um die Wette schwimmen."

„Nichts leichter als das. Weißt du noch, wo die Bahamas liegen?"

„Ich bitte dich, natürlich weiß ich das."

„Das ist mir bekannt, Lukas, schließlich haben wir beide als Schüler auch den Geografieunterricht gemeinsam besucht, und soweit ich es in Erinnerung habe, warst du ganz gut in Geografie. Ruf dir jetzt bitte mal genau in Erinnerung, was du von den Bahamas weißt."

„Warte mal, die Bahamas liegen … glaube ich mich jedenfalls erinnern zu können, im Atlantik, irgendwo zwischen Nord- und Südamerika, in der Nähe von Kuba."

„Genau, und jetzt versuch dir einfach mal einen Platz dort vorzustellen, wo du gerne sein möchtest."

„Aber …"

„Ich weiß, was du jetzt sagen willst", unterbrach ihn Thomas, „dass du noch nicht dort warst und daher auch nicht wissen kannst, wie es dort aussieht."

„Du sagst es."

„Am besten geht es, wenn du mir sagst, was du vor deinem geistigen Auge siehst und fühlst, wenn du an die Bahamas denkst."

„Meinetwegen Thomas, probieren wir es einfach aus", erwiderte Lukas und schloss seine Augen. „Ich sehe einen feinsandigen Strand, der ganz flach zum Meer hin abfällt und an dem die Wellen sanft auslaufen. Das Wasser ist kristallklar und ein strahlend blauer Himmel spiegelt sich darin. Ein paar Palmen spenden einen wohltuenden Schatten, der vor der Sonne schützt, und …"

Das reicht schon", unterbrach ihn Thomas, „öffne jetzt bitte wieder deine Augen."

Augenblicklich befanden sich die beiden Freunde jetzt mitten in einer Landschaft, die der von Lukas beschriebenen Kulisse glich. Sie schlenderten zuerst eine Weile am Strand entlang und genossen schweigend die traumhafte Atmosphäre, bis Thomas die Stille unterbrach.

„Wolltest du nicht mit Delfinen schwimmen?", fragte er.

„Ja schon, aber siehst du hier im Wasser vielleicht Delfine, Thomas?"

„Nein, aber sie werden da sein. Lass uns einfach ein Stück hinausschwimmen."

„Dein Wort in Gottes Ohr, mein Freund."

Thomas konnte sich ein Grinsen nicht verkneifen. „Hör endlich auf zu zweifeln und fang an zu glauben, Lukas", sagte er und war kurz darauf mit einem Hechtsprung in den Wellen verschwunden. Lukas blieb nichts anderes übrig, als ihm nachzuschwimmen. Nach einer Welle stießen sie tatsächlich auf eine kleine Gruppe Delfine. Die Tiere konnten sie offenbar nicht wahrnehmen, sodass sie sich ihnen ungehindert nähern und mit ihnen um die Wette schwimmen und tauchen konnten. Thomas zeigte ihm, wie man sich von einem Delfin durchs Wasser tragen lässt, in dem man sich an der Rückenflosse festhält. Ein einzigartiges Erlebnis, pfeilschnell mit diesen Tieren durchs Wasser zu gleiten, die ihr unsichtbarer Ballast offenbar nicht im Geringsten zu stören schien. Doch nach einer Weile überkam Lukas plötzlich ein seltsames Gefühl, das ihn dazu veranlasste, sich von den Tieren abzulösen und in Richtung Ufer zurückzuschwimmen.

„Lass uns bitte wieder umkehren, Thomas", rief er dem Freund zu, „ich spüre, dass Daniel auf mich wartet."

„Du hast recht, unsere kleine Auszeit hier unten ist ohnehin abgelaufen, aber deswegen brauchen wir nicht mehr ans Ufer zurückzuschwimmen. Lukas. Wie du weißt, ist uns alleine mit der Kraft unserer Gedanken eine Rückkehr gleich von hier aus möglich."

Kapitel 8: Charlotte

Daniel saß auf einer Bank vor der Bibliothek und schien seinen Schützling schon erwartet zu haben. „Na, hat dir der Ausflug mit Thomas gefallen?", fragte er.

Lukas nickte. „Es war wirklich wunderschön, Daniel, aber ich freue mich auch sehr, wieder hier bei dir zu sein, weil ich von dir noch so viel erfahren möchte."

Daniel deutete ihm an, sich neben ihn zu setzen. „Das freut mich, dann lass uns gleich dort fortfahren, worüber wir auf dem Berg gesprochen haben, und zwar über das wichtigste göttliche Gesetz, das Gebot der Liebe. Dazu hat Gott alle Lebewesen mit der Gabe der Liebesfähigkeit ausgestattet, mit der wir die von ihm ausgestrahlte Energie in Form von Liebe empfangen und weitergeben können. Du kannst dir das am besten so vorstellen, dass jedes Geistwesen eine Art Empfänger für die göttliche Liebe in sich trägt, den man ähnlich wie ein Funkempfänger nur auf die richtige Sendefrequenz einzustellen braucht, um Gottes Liebe zu empfangen. Doch ähnlich wie beim Funkempfänger gibt es auch dabei Störsender und Störsignale, die den optimalen Empfang beeinträchtigen, sodass man seinen

Empfänger immer wieder neu einjustieren muss, um nicht die falschen Signale zu empfangen, denn davon gibt es eine ganze Menge dort unten auf der Erde."

„Ich verstehe zwar, was du damit sagen willst, Daniel. Du meinst wohl die negativen Einflüsse irgendwelcher dunklen Mächte, aber das scheint mir doch ein bisschen weit hergeholt, zu sein. Ich meine, mir fallen dazu einige lustige Szenen aus Filmen ein, in denen ein Engel und ein Teufel um die Seele eines Menschen in Not ringen. Ich mag zwar derartige Filme sehr, aber das ist doch albern, oder nicht?"

„Findest du es tatsächlich albern, Lukas? Hast du nicht selbst oft genug am eigenen Leib verspürt, wie du in einer schwierigen Situation ins Wanken geraten bist und dich am liebsten vor der Verantwortung gedrückt hättest oder vor dem Problem davongelaufen wärst?"

„Ja natürlich, doch zum Glück hat am Ende meistens doch der Verstand gesiegt, bei mir jedenfalls." Er stutzte einen Augenblick und fuhr dann fort: „Na ja, die letzte Zeit dort unten leider nicht mehr so ganz, wie du ja weißt."

Daniel nickte. „Aber es ist trotzdem nicht nur der Verstand, sondern vor allem das Gewissen, das Gott den Menschen als Instrument anhand gegeben hat, um falsch und richtig oder gut und böse voneinander unterscheiden zu können."

„Und warum funktioniert es dann bei vielen Menschen nicht, so wie am Ende auch nicht mehr bei mir?"

„Du irrst, Lukas, denn es funktioniert bei allen Menschen, und bei dir hat es ganz am Ende zum Glück ja auch funktioniert."

„Tut mir leid, aber das sehe ich anders. Ich bin zwar froh, dass ich Christina nicht überfahren habe, aber das Gewissen taugt jedenfalls nicht viel als Sicherung, um es in Technikerworten auszudrücken."

„Und doch steht die Tatsache, dass viele nicht das Richtige tun oder sich nicht für das Gute entscheiden, nicht im Widerspruch zum Gewissen als Sicherungselement, um bei deiner Technikersprache zu bleiben, denn Gott hat die Menschen noch mit einer weiteren Gabe ausgestattet. Es steht ihnen frei, sich auch gegen das eigene Gewissen bewusst für das Falsche oder für das Böse zu entscheiden."

„Aber dann wäre Gott doch letztlich schuld an all den Grausamkeiten auf der Erde, an Kriegen, an Mord und Totschlag, an …"

„Meinst du allen Ernstes, dass Gott daran Schuld trägt?"

„Na ja, Daniel, irgendwie schon, denn schließlich hätte er die Menschen doch so erschaffen können, dass sie nichts Böses tun."

Daniel nickte. „Ja, die Macht dazu hat er, aber dann hätte er sie gerade dessen beraubt, was sie von allen anderen Lebewesen unterscheidet, nämlich sich bewusst über ihren Instinkt, ihren Verstand oder über ihre Gefühle und Empfindungen hinwegsetzen zu können. Natürlich hätte er Marionetten oder Roboter aus ihnen machen können, doch das war nicht sein Ziel, oder wärst du lieber eine Marionette oder ein Roboter? Gott wollte die Freiheit des Menschen über alles setzen, aber er hat mit dem Gewissen vorsorglich eine Sicherung bei allen eingebaut, die verhindern soll, dass sie auf Abwege oder auf Irrwege geraten."

„Eine schlechte Sicherung kann ich dazu nur noch einmal sagen. Ich bleibe dabei, denn sie funktioniert leider nicht, zumindest bei vielen Menschen nicht. Sie spricht nicht an bei Gefahr in Verzug, wie das eine elektrische Sicherung zum Beispiel tut."

Daniel schmunzelte über diesen Vergleich. „Oh doch, mein Freund, sie spricht sehr wohl an …"

„… aber sie löst nicht automatisch aus und unterbindet damit die Gefahr, wie das bei einer elektrischen Installation auf der Erde immer der Fall ist", vollendete Lukas mit triumphierenden Blick den Satz.

„Tut sie das tatsächlich immer, Lukas?"

„Natürlich … na ja, auf jeden Fall immer dann, wenn sie richtig dimensioniert und nicht unzulässigerweise daran herummanipuliert wurde oder wenn sie gar überbrückt worden ist."

„Ein guter Vergleich. Bleiben wir doch einfach mal bei deinem Beispiel. Warum manipulieren Menschen denn an einer Sicherung und was kann passieren, wenn man so etwas tut?"

„Na ja, so etwas tut man zum Beispiel, wenn eine elektrische Anlage überlastet ist und trotzdem weiter betrieben werden soll, etwa um materielle Verluste durch einen Ausfall zu vermeiden. Aber man nimmt damit natürlich auch in Kauf, dass die Anlage möglicherweise beschädigt oder zerstört wird."

„Das klingt einleuchtend, Lukas, aber dürfte man in diesem Fall die Verantwortung für eine derartige Manipulation der Sicherung oder ihrem Hersteller zuschreiben?"

Lukas schwieg lange. Dann nickte er und blickte Daniel an. „Jetzt verstehe ich es Daniel. Nein, an der Sicherung würde es nicht liegen, sondern an denjenigen, die daran herummanipuliert haben. So ist es wohl auch beim Gewissen. Das willst du damit doch sicher sagen?"

„So ist es, mein Freund. Jedem Menschen ist es freigestellt, sein Gewissen zu ignorieren oder sich von anderen dazu verleiten zu lassen. So vermag er sich kurzfristig oder für eine gewisse Zeit durchaus einen Vorteil zu verschaffen, einen materiellen wohlgemerkt. Aber seine Seele wird darunter leiden und sein Geist und damit auch sein Körper werden mit der Zeit dabei Schaden nehmen. So lassen sich viele Gesundheitsprobleme und Krankheiten der Menschen erklären, Lukas."

„Viele? Mag sein, aber noch lange nicht alle, Daniel, denn ich kenne auch Menschen, die herzensgut sind und dennoch von Geburt an mit körperlichen oder geistigen Behinderungen oder Beeinträchtigungen behaftet sind. Damit überzeugst du mich jedenfalls nicht", sagte er und blickte Daniel herausfordernd dabei an. Das Schmunzeln in Daniels Gesicht irritierte ihn allerdings.

„Du bist wirklich eine harte Nuss, wie man auf Erden so schön sagt. Nein, Lukas, damit alleine kann ich dich sicherlich nicht überzeugen, aber auch diesbezüglich möchte ich dich noch um etwas Geduld bitten, denn auch diesen Beweis werde ich dir nicht schuldig bleiben, nur jetzt fehlen dir hierfür noch einige Grundvoraussetzungen, um es zu verstehen. Ich bitte dich daher vorerst nur, das Gewissen als Richtschnur oder inneren Kompass für richtiges Handeln zu akzeptieren, zumal Gott den Menschen auch ein Bewusstsein und eine Intelligenz verbunden mit der Gabe der Intuition mit in die Wiege gelegt hat …"

„… mit denen viele dort unten auf der Erde leider verdammt wenig anzufangen wissen", führte Lukas zu Daniels Erheiterung den Satz zu Ende.

„Diesbezüglich muss ich dir leider uneingeschränkt recht geben, auch wenn das eher ein

Weinen als ein Lachen bei mir auslösen sollte. Doch mit etwas Humor lässt sich das Leben selbst im Jenseits besser ertragen. Auf jeden Fall kann ich mit Genugtuung feststellen, dass du in der kurzen Zeit hier schon große Fortschritte gemacht hast. Geh zurück zu deinem Freund, Lukas und genieße deine Zeit, solange du hier bist."

Lukas sah ihn erstaunt an. „Was willst du damit sagen, Daniel, ist das hier denn nicht … für immer?"

„Auch darüber werden wir noch reden müssen, doch alles zu seiner Zeit", erwiderte Daniel und verabschiedete sich mit einer Umarmung von seinem Schutzbefohlenen.

Daniels Bemerkung löste in Lukas eine tiefe Befriedigung aus und versetzte ihn in eine Art Hochstimmung. Auf dem Weg zurück zur Hütte am See nahm er die Umgebung jedenfalls noch intensiver als bisher wahr. Die einzigartige Landschaft, angestrahlt von einem schillernden Licht, das seine Farbe und Helligkeit auf magische Weise permanent veränderte und alles in eine bunte Märchenwelt verwandelte, so wie er sie als kleiner Junge in seinen Bilderbüchern wahrgenommen hatte, und all die freundlichen Wesen um ihn herum ließen in ihm immer stärker den Wunsch aufkeimen, für immer hier in diesem Paradies bleiben zu können. An einer Biegung des Weges, der neben dem kleinen Bach hinunter ins Tal führte, sah er eine Frau am Ufer sitzen, die offenbar nur damit beschäftigt war, den über die hellen Kieselsteine im Bachlauf hüpfenden Wellen zuzusehen. Irgendwie fühlte er sich magisch von ihr angezogen, nickte ihr wortlos zu und setzte sich neben sie. Eine Weile saßen sie schweigend da. Er überlegte angestrengt, wie er mit ihr ins Gespräch kommen sollte, was sie offenbar zu bemerken schien und ihm aufmunternd zulächelte.

„Bist du … schon lange hier?", fragte er schließlich.

„Lange? Nun, das ist schwer zu beantworten, denn hier misst niemand die Zeit. Aber du kannst noch nicht so lange hier sein, denn sonst würdest du so etwas nicht fragen."

„Entschuldige bitte, wenn ich etwas Falsches gesagt haben sollte."

Sie lächelte ihn an. „Nein, du hast nichts Falsches gesagt, Lukas."

„Lukas sagst du? Woher kennst du denn meinen Namen?"

Sie schwieg eine Weile. „Wir kennen uns von früher", erwiderte sie schließlich.

„Von früher … aber ich kann mich beim besten Willen nicht an dich erinnern. Wo und wann soll denn das gewesen sein? Und doch, irgendwie erinnerst du mich tatsächlich an jemanden, aber an wen? Verrätst du mir bitte dein Geheimnis?"

Sie schüttelte den Kopf. „Das geht leider nicht, aber du wirst es noch erfahren. Ich muss ohnehin jetzt gehen", sagte sie und erhob sich.

„Werden wir uns denn wiedersehen? Verrätst du mir wenigstens noch deinen Namen?"

Sie nickte. „Charlotte heiße ich."

Lukas schüttelte den Kopf. „Charlotte? Ein sehr schöner Name für eine sehr schöne Frau, doch ich bin sicher, dass ich mir beides gemerkt hätte."

Wieder nur ein stummes Lächeln. „Du wirst es schon noch erfahren und wir werden uns auch wiedersehen, Lukas", gab sie ihm zur Antwort.

„Aber wann … und wo?"

„Irgendwann und irgendwo, du musst lernen, dich mehr in Geduld zu üben", rief sie ihm noch zu und war kurz darauf hinter der Biegung des Weges verschwunden.

Lukas saß noch eine Weile schweigend am Ufer und sah dem Treiben der Wellen zu, bis er sich schließlich gedankenverloren auf den Weg zurück zur Hütte machte. Charlotte ging ihm einfach nicht aus dem Sinn. So sehr er auch grübelte, woher er sie kennen sollte, so wenig fand er eine Antwort darauf. Und doch, er spürte, dass ihn tief in seinem Inneren etwas mit ihr verband, dass es eine Art von Liebe war, die weit mehr beinhaltete als die Liebe, die er gegenüber allen Wesen hier in dieser anderen Welt verspürte. Seltsam, sollte es auch hier so etwas wie eine innige Liebe geben, die zwei Menschen auf der Erde als Paar miteinander verbindet? Als er die Hütte erreichte, sah er Thomas am Ufer des Sees sitzen. Er nickte ihm zu und setzte sich neben ihn, ohne ein Wort zu sprechen. Thomas spürte, dass ihn etwas bewegte, und ließ ihn seinen Gedanken nachgehen. Erst nach einer Weile brach er das Schweigen.

„Was hast du? Geht es dir nicht gut, Lukas?"

Lukas sah ihn an und schüttelte beinahe unmerklich den Kopf. „Nein Thomas, mir geht es gut, mir geht es sogar sehr gut und ich genieße die Ruhe und den Frieden in mir, die ich auf der Erde schon lange nicht mehr verspürt habe. Aber ich bin offen gestanden verwirrt über so manches, was ich hier schon erlebt und erfahren habe. So langsam beginne ich zu begreifen, was ich dort unten auf der Erde alles falsch gemacht habe, und doch … vieles ist mir noch unerklärlich."

„Aber das ist doch völlig normal, Lukas. Du wirst hier permanent weiter lernen und allmählich immer mehr verstehen. Vor allem musst du lernen, deine Geduld zu zähmen und anderen mehr zu vertrauen, aber das sagte ich dir ja bereits."

„Ja Thomas, ich weiß, und Daniel hat mir das auch schon des Öfteren gesagt. Aber ich möchte am liebsten alles auf einmal und gleich jetzt wissen."

Thomas konnte sich ein Grinsen nicht verkneifen. „So habe ich dich schon auf der Erde kennengelernt, mein Guter. Dort unten hast du damit auch nicht immer Freunde gewonnen, wie du ja selber weißt."

„Komm, lass das jetzt. Verrate mir lieber, ob du an die Liebe glaubst, hier oben meine ich."

Thomas sah ihn kopfschüttelnd an. „Was ist denn das für eine Frage, Lukas? Was meinst du damit?"

„Na ja, ich meine, ob es auch hier so etwas wie die wahre Liebe gibt, so wie dort unten auf der Erde."

„Du müsstest doch eigentlich schon gelernt haben, dass das Gesetz der Liebe das Wichtigste überhaupt ist, ganz gleich, ob im Himmel oder auf der Erde. Alle Lebewesen müssen lernen, andere zu lieben."

„Schon, aber ich meine die Liebe zwischen Mann und Frau. Ist das denn auch hier möglich, Thomas?"

Wieder traf ihn ein ungläubiger Blick seines Freundes. „Sag bloß, du hast dich verliebt, Lukas."

Lukas nickte.

„Wer ist es denn? Wo habt ihr euch getroffen?"

„Irgendwo am Bach dort hinten. Charlotte heißt sie." Thomas nickte. Offenbar schien er sie auch zu kennen.

„Erinnerst du dich an sie, ich meine, von früher, Lukas?"

„Nein … oder doch, ach ich weiß es selber nicht. Sie hat jedenfalls behauptet, dass wir uns kennen."

„Ich verstehe, Lukas. Natürlich gibt es sehr innige Beziehungen unter den Wesen hier, beispielsweise wenn sie auf der Erde schon in irgendeiner Form zusammengelebt haben", erwiderte Thomas.

Lukas schüttelte den Kopf. „Nein nein, das kann ich definitiv ausschließen. Na ja, vielleicht habe ich sie flüchtig gekannt, eine Mitschülerin, ein Nachbarskind, eine Kommilitonin meinetwegen, aber definitiv keine Beziehung, mein Freund. So etwas vergisst man nicht, zumindest nicht, wenn man im Gegensatz zu dir seine Beziehungen an den Fingern einer Hand abzählen kann."

Thomas konnte sich ein leichtes Grinsen nicht verkneifen. Doch dann veränderten sich seine Gesichtszüge. „Weißt du Lukas, wenn man sich jederzeit an all das erinnern könnte, was man einmal erlebt hat, das würde man seelisch nicht verkraften", erwiderte er mit ernster Miene.

„Willst du damit etwa sagen, dass ich den Verstand verloren habe?", fuhr ihn Lukas an.

„Nein Lukas, aber sei mir bitte nicht böse. Ich kann, oder besser gesagt, ich darf dir dazu jetzt nicht mehr sagen. Aber ich kann dich beruhigen, du wirst mit Sicherheit noch erfahren, was es damit auf sich hat."

„Und du glaubst, das Thema sei damit für mich erledigt?"

Thomas schüttelte den Kopf. „Nein Lukas, natürlich nicht. Aber du wirst schon noch darüber aufgeklärt werden."

„Aha, und wer klärt mich auf, und wann?"

„Frag bitte nicht mich, sondern Daniel, Lukas, und lass uns jetzt schlafen gehen. Ich bin wirklich sehr müde."

Kapitel 9: Der Wasserfall

Thomas schlief noch, als Lukas erwachte. Als er vor die Hütte trat und über den See blickte, sah er, dass dessen Oberfläche von leichten Nebelschwaden bedeckt war. Ein helles Licht in der Ferne brach sich darin in unendlich vielen Farben. Plötzlich tauchte wie von Geisterhand ein schmales Boot lautlos vor ihm auf und näherte sich dem Ufer. Daniel stand aufrecht darin, nur mit einem Stab auf den Boden des Gefährtes gestützt, das Ähnlichkeiten mit einem Einbaum aufwies, wie er sie von Naturvölkern auf der Erde kannte. Er winkte Lukas zu sich und deutete ihm an, sich vor ihm ins Boot zu setzen.

„Wohin fahren wir Daniel?“, fragte er.

„Ich möchte dir den Wasserfall am anderen Ufer zeigen, Lukas. Es wird dir bestimmt gefallen, und bei dieser Gelegenheit kannst du auch deine Fragen loswerden.“

„Woher weißt du …“ Er stutzte nur für einen kurzen Moment und fuhr dann fort. „Natürlich weißt du es, Daniel ... alles weißt du, im Gegensatz zu mir.“ Die Enttäuschung darüber war aus seinen Worten deutlich herauszuhören.

Daniel blickte ihn an und schüttelte den Kopf. „Nein Lukas, ich weiß sicherlich einiges mehr als du, aber noch lange nicht alles. Auch ich bin wie du noch lange nicht am Ende meines Weges, der mich irgendwann in der Unendlichkeit endgültig bei unserem Schöpfer ankommen und hoffentlich für immer bei ihm ruhen lässt."

Lukas sah ihn erstaunt an. „Auch du bist ein Schüler, ein Schüler wie ich?"

Daniel lächelte. „Ja und nein, mein Freund. Ein Lehrer und ein Lernender zugleich, so könnte man es ausdrücken."

„Na gut, Herr Lehrer, dann erkläre mir das doch bitte noch mal etwas genauer, was es mit meiner Wahrnehmung hier auf sich hat. Ist das, was ich hier sehe, alles echt, oder bilde ich es mir nur ein?"

„Auch hierauf ein Ja und Nein zugleich als Antwort", erwiderte sein Schutzgeist vielsagend.

„Tolle Antwort!"

„Ich will versuchen, es dir zu erklären. Versuch dich doch einmal an deine Kindheit zurückzuerinnern. Wie waren deine kindlichen Eindrücke vom Leben auf der Erde im Vergleich zu denen eines Erwachsenen? Du hast deine Umwelt doch sicherlich als Kind viel schöner empfunden wie später als Erwachsener."

„Ja natürlich, das tun doch alle Kinder, oder?"

Thomas nickte. „Und warum?"

„Na ja, ich glaube, sie sehen alles noch wie durch eine rosarote Brille. Sie leben ohne große Verantwortung und Verpflichtungen ein relativ unbeschwertes Leben, erkennen Gesetzmäßigkeiten und Zusammenhänge noch nicht so wie ein Erwachsener, glauben unbeirrt an das Gute, an Feen, Elfen, Zwerge und … keine Ahnung, an was sonst noch alles."

„Ja, Lukas, und deshalb ist ihre Wahrnehmung von dieser Welt auch ungleich schöner als die eines Erwachsenen."

„Schon, aber dein Vergleich hinkt …"

„ … wie alle Vergleiche", vollendete Daniel den Satz. „Aber gut, nehmen wir ein anderes Beispiel. Zwei gleichaltrige Erwachsene, ein Blinder und ein Sehender, die beide am gleichen Ort leben. Was glaubst du? Hat der Blinde eine bildhafte Vorstellung von seiner Umwelt?"

„Na ja … irgendwie schon, vermutlich hat auch er Bilder in seinem Kopf. Schattenbilder vielleicht. Ich weiß es nicht."

„Glaubst du, dass er seine Umgebung wiedererkennen würde, wenn er, sagen wir mal von einer längeren Reise zurückkehren würde?"

Lukas nickte. „Das glaube ich schon, Daniel."

„Und wieso, wenn er doch nichts sieht, ich meine mit seinen Augen?"

„Nun, er hat ja nicht nur Augen, er hat auch Ohren, eine Nase, Hände, Empfindungen, Gefühle …"

„Genau, und so entsteht in seinem Gehirn ein Bild seiner Umgebung, so wie es auch bei einem Sehenden entsteht. Doch welches ist das richtige Bild, Lukas?"

„Du stellst vielleicht Fragen, Daniel, natürlich das des Sehenden."

„Glaubst du, der Blinde wäre mit den Bildern eines Sehenden besser bedient, wenn man sie beispielsweise in sein Gehirn einspielen würde?"

Lukas schüttelte den Kopf. „Wohl kaum, ich fürchte, er wüsste so richtig nichts damit anzufangen."

„Und der Sehende mit den Bildern eines Blinden?"

„Dem ginge es umgekehrt wohl so ähnlich."

„Aber beide erkennen ihre Umgebung auf ihre Art wieder. Welches Bild ist dann richtig, Lukas, das frage ich dich noch einmal?"

„Jetzt verstehe ich es. Es gibt keine absolut richtige Wahrnehmung. Jeder vermag nur das zu erkennen, wozu er aufgrund seiner Fähigkeiten in der Lage ist."

„Ja, Lukas, und du siehst hier an diesem Ort viel mehr als dort unten auf der Erde. Du kannst feinstoffliche Lichtwesen wie mich nur hier erkennen, obwohl ich auch auf der Erde immer an deiner Seite war."

„Und was ist mit dir, Daniel? Du siehst doch alles."

„Nein, Lukas, erinnere dich an das, was ich dir über die himmlischen Sphären erzählt hatte. Es gibt insgesamt sieben davon, wovon die Erde als grobstoffliche Dimension die unterste Stufe darstellt. Du befindest dich hier erst auf der zweiten Ebene und damit noch lange nicht im himmlischen Paradies, wie du glaubst. Bis dorthin haben du und auch ich noch einen weiten Weg zurückzulegen."

„Aber deiner dürfte nicht mehr ganz so weit sein, Daniel. In welcher Sphäre muss ich dich eigentlich ansiedeln?"

„Na ja, ich bin sozusagen ein Wanderer zwischen den Sphären, je nachdem, wo sich mein Schützling gerade befindet." Daniel konnte sich ein Schmunzeln bei dieser Bemerkung nicht verkneifen.

„Aber du kommst doch sicher von einer höheren Ebene, etwa … von ganz oben?"

„Nein, Lukas, leider nicht. Ich kann dir das nicht richtig erklären, weil du es nicht verstehen würdest, aber ein Stückchen weiter oben als du ist es schon. Ich will deshalb auch dir dazu verhelfen, die Himmelsleiter wenigstens ein kleines bisschen höher hinaufsteigen zu können. Magst du?"

„Na klar, und wo finde ich sie, deine Leiter?"

„In dir, ganz tief in dir findest du sie, Lukas", erwiderte Daniel vielsagend. „Aber dir liegt doch noch eine andere Frage am Herzen, oder …?"

Lukas nickte. „Mehr als eine, Daniel, aber ich frage mich schon solange ich denken kann, also nicht erst hier, sondern auch schon dort unten auf der Erde, wozu das alles gut sein soll."

„Was gut sein soll?"

„Na ja, das Leben halt, und auch das, was davor und dahinter ist. Ich meine, woher kommt der Mensch und wohin geht er. Warum muss er sich dort unten auf der Erde mühen und plagen? Warum kann er nicht gleich hier oben sein? Warum …"

„Halt, Lukas, nicht so viele Fragen auf einmal, immer schön der Reihe nach. Der Mensch ist ein göttliches Wesen, das für eine Weile in einem irdischen Körper auf der Erde lebt und dort bestimmte Aufgaben zu erfüllen hat."

„Aufgaben, was denn für Aufgaben?"

„Lass es mich mit einer Gegenfrage beantworten. Was glaubst denn du? Sag mir einfach spontan, was dir dazu einfällt."

Lukas kratze sich verlegen am Kopf. „Na ja, berufliche halt und … private?"

„Genau."

„Du meinst, ich bin geboren worden, um Ingenieur zu werden und Anlagen zu bauen? Aber ich hätte doch auch einen ganz anderen Beruf ergreifen können. Du hast schließlich selbst gesagt, dass jedes Wesen einen freien Willen hat."

„Richtig, du hättest meinetwegen auch Bäcker oder Pfarrer werden können, aber das hätte nichts an deinen eigentlichen Aufgaben geändert, die man von den irdischen Aufgaben trennen muss. Im Übrigen werden dir schon gewisse Neigungen mit in die Wiege gelegt, um später auch beruflich etwas Passendes für dich zu finden."

„Also schön, dann liegen meine Aufgaben wohl eher im privaten Bereich. Bin ich etwa auf die Welt gekommen, um mit einer Frau zu leben, mit der ich keine Kinder haben kann und die mich betrügt. Meinst du das etwa, Daniel?"

Sein Schutzgeist schüttelte den Kopf. „Nein, oder besser gesagt nicht nur, Lukas. Auch hier gilt die Unterscheidung zwischen irdischen und überirdischen Aufgaben, um es jetzt mal etwas anders auszudrücken."

Lukas schüttelte konsterniert den Kopf. „Tut mir leid, Daniel, aber für mich sprichst du gerade in Rätseln."

„Weil du immer dazwischenredest und mir keine Gelegenheit gibst, dir in Ruhe etwas zu erklären", erwiderte Daniel.

„Wolltest du damit etwa sagen: Halt endlich die Klappe mein Freund?"

Sein Schutzgeist gab ihm darauf ein schallendes Lachen zur Antwort. „Treffender hätte ich es wirklich nicht ausdrücken können. Du hast jedenfalls ins Schwarze getroffen. Deine eigentlichen Aufgaben im Leben liegen auf einer ganz anderen Ebene, und zwar im menschlichen Bereich, wie man es dort unten gerne auszudrücken pflegt."

„Im menschlichen Bereich, meinst du damit etwa Humanität und …"

Daniel nickte. „Wenn du es so ausdrücken willst. Gemeint ist damit das Beachten der göttlichen Gesetze und das Befolgen der göttlichen Gebote, und das sowohl im beruflichen wie auch im privaten Umfeld. Das wäre zwar auch als

Bäcker möglich gewesen, aber du hättest dann vermutlich viel lieber an Backmaschinen herumgebastelt, als leckere Brote zu backen. Und du wärst damit wohl ein unglücklicher Bäcker geworden, der seinen irdischen Aufgaben nicht gerecht werden kann und dadurch schon gar nicht seinen eigentlichen Aufgaben. Auch als Pfarrer hättest du wohl lieber die Kirche saniert, als die Menschen durch mitreißende Predigten zum lieben Gott zu bewegen. Natürlich hättest du auch eine andere Frau heiraten und mir ihr Kinder haben können. Aber genau so gut hätten Christina und du auch andere Möglichkeiten finden können, um euch euren Kinderwunsch zu erfüllen. Man kann beispielsweise auch ein fremdes Kind in Pflege nehmen oder adoptieren und ihm damit vielleicht Chancen geben, die es bei seinen leiblichen Eltern nie gehabt hätte. Warum habt ihr darüber nicht nachgedacht, Lukas und stattdessen eure Beziehung aufs Spiel gesetzt?" Daniel spürte, wie betroffen Lukas auf diese Bemerkung reagierte.

Lukas sah ihn lange an und sagte: „Oh Gott, du hast völlig Recht, Daniel, aber ich weiß auch nicht warum. Irgendwie haben die Dinge damals einfach ihren Lauf genommen und eine Eigendynamik bekommen, die nicht mehr zu bremsen war …"

„Weil ihr euch beide nicht ernsthaft darum bemüht habt. Aber wir kommen vom eigentlichen Thema ab, Lukas. Es stehen noch drei Fragen von dir im Raum, die ich dir jetzt beantworten möchte, und zwar die Frage nach dem Woher, nach dem Warum und nach dem Wohin. Fangen wir bei der Ersten an. Woher du als Mensch gekommen bist, kannst du dir vielleicht jetzt schon beantworten."

Lukas nickte. „Ich glaube ja. Ich bin von hier oben gekommen, um in einem menschlichen Körper meinen Aufgaben auf der Erde nachzukommen."

„So ist es, Lukas. Lass mich dir jetzt das Warum erklären."

„Das würde mich wirklich brennend interessieren."

„Nun, jedes Wesen entwickelt hier oben einen sogenannten Lebensplan, bevor es seinen Weg zur Erde antritt."

„Einen Lebensplan, wie soll ich das verstehen?"

„Du redest ja schon wieder dazwischen, Lukas. Hör bitte erst einmal zu, was ich dir darüber sagen möchte. Fragen dazu kannst du nachher stellen. Also, ein Lebensplan ist mit einer Bestimmung oder einem Auftrag verbunden, den ein Geistwesen vor seiner Verkörperung, ich meine, vor seiner Geburt auf der Erde, hier oben mit Unterstützung seines Schutzgeistes und anderer Seelenwesen entwickelt. Das Leben auf der Erde ist mit bestimmten Anforderungen verbunden, denen es gerecht zu werden gilt, um wieder hierher zurückkehren zu können." Daniel registrierte mit einem kaum wahrnehmbaren Lächeln die Ungeduld bei Lukas, der sich nur mühsam beherrschen konnte, keine Zwischenfragen mehr zu stellen, und fuhr fort. „Doch man darf den Lebensplan nicht so verstehen, dass dort jede Phase des irdischen Lebens vorbestimmt ist. Lediglich der ursächliche Sinn des Lebens ist für alle Wesen vorbestimmt, nämlich Wissen und Wahrheit zu erlangen, Frieden zu säen und durch Ausstrahlung göttlicher Liebe für andere selbst ein Stück näher zu Gott zu gelangen. In seinem irdischen Leben wird jedes Wesen vor eine Reihe von Aufgaben und Probleme gestellt, um seiner Bestimmung gerecht werden zu können. Als Werkzeuge hierfür werden jedem Wesen zum Beispiel individuelle Neigungen, Begabungen, Wünsche oder Sehnsüchte in die Wiege gelegt, denen es unter Beachtung der göttlichen Gesetze und Gebote nachgehen sollte. Ein Mensch dort unten auf der Erde hat zwar keine Erinnerung an seine eigentliche Herkunft und an seinen Lebensplan, aber jeder könnte mit ein bisschen Intuition und Sensibilität zumindest Ansätze seines Lebensplans erkennen. Nur leider geht diese Sensibilität zu vielen Menschen im Laufe ihres Lebens verloren."

„Entschuldige bitte, Daniel, aber ich muss jetzt einfach ein paar Fragen loswerden, bevor du weitermachst, sonst platze ich noch."

„Na das wollen wir natürlich nicht riskieren, mein Freund", erwiderte Daniel mit einem Grinsen auf den Lippen.

„Das mit dem Lebensplan ist ja alles schön und gut, aber wenn es so wäre, dann müssten dort unten auf der Erde doch nur Heilige herumlaufen. Meine Wahrnehmung als Erdenbürger deckt sich aber nicht im Geringsten mit dem, was du da gerade erzählt hast."

„Leider hast du damit Recht, Lukas."

„Dann wäre doch ein Lebensplan nichts weiter als ein schöner, aber völlig nutzloser Wunschzettel, der das Papier nicht wert ist, auf den er geschrieben wurde. Tut mir leid, aber deine ganze Theorie von einem Lebensplan scheint mir doch weit hergeholt zu sein. Bitte entschuldige, wenn ich dir das in aller Deutlichkeit so sage, aber …"

„Kein Grund, sich dafür zu entschuldigen, Lukas. Ich erkenne daraus immerhin, dass du nicht alles, was ich dir sage, einfach nur hinnimmst, ohne ernsthaft darüber nachzudenken. Der liebe Gott hat dir schließlich einen Verstand gegeben, den du auch nutzen sollst. Darf ich jetzt fortfahren?"

Lukas nickte.

„Du erinnerst dich, was ich dir über den freien Willen erzählt hatte, der jedem Menschen die freie Wahl lässt, etwas zu tun oder zu lassen, selbst wenn es nicht in Einklang mit seinem Gewissen ist." Wieder ein zustimmendes Nicken seines Schützlings, das Daniel wohlwollend registrierte und dann fortfuhr: „Der Materialismus, der die Welt, oder besser gesagt die Erde regiert, stellt sich der Entwicklung der Geistseele als ein ungeheuer großes Hindernis in den Weg, der nur einseitig darauf ausgerichtet ist, Vorteile im Leben für sich zu vereinnahmen und das irdische Leben in vollen Zügen zu genießen. Mit Begriffen wie Rücksichtnahme auf andere, Hilfsbereitschaft oder Zurückstellung eigener Wünsche im Interesse anderer verbinden leider zu viele nichts weiter als eigene Nachteile."

„Na ja, Daniel, aber zumindest Letzteres kannst du auch nicht bestreiten", erwiderte Lukas.

„Doch das kann ich, denn wer sich im Leben uneigennützig für andere einsetzt, erfährt Dankbarkeit als Belohnung."

„Einspruch, Daniel, dem muss ich jetzt mit aller Deutlichkeit widersprechen. Ich habe es oft genug selbst erlebt und auch bei anderen mitbekommen, dass selbstloses Handeln keineswegs immer mit Dankbarkeit honoriert wird."

„Das habe ich auch nicht behauptet, Lukas."

„Natürlich hast du …" Ein durchdringender Blick seines Schutzgeistes ließ Lukas augenblicklich verstummen.

„Es gibt im Leben keine Garantie dafür, dass man augenblicklich für jede gute Tat belohnt wird. Ganz im Gegenteil, man wird deshalb oft ausgelacht und gehänselt oder man erleidet sogar selbst körperlichen oder seelischen Schaden dabei."

„Und deshalb ist es doch nur zu verständlich, wenn es sich die Menschen dreimal überlegen, bevor sie jemand anderem helfen."

„Ja, das ist es, aber viele Menschen machen sich leider diese Mühe überhaupt nicht mehr und lehnen uneigennützige Hilfe schon im Ansatz ab. Aber die gleichen Menschen beklagen sich im nächsten Atemzug über die zunehmende Lieblosigkeit und Rücksichtslosigkeit in der Gesellschaft und rechtfertigen ihr Fehlverhalten damit, dass ihnen ja auch keiner hilft, wenn sie mal in Not sind. Mit dieser Einstellung würde eine Gesellschaft im Laufe der Zeit mehr und mehr verrohen, wenn es nicht immer wieder auch Menschen gäbe, die versuchen, mit einem selbstlosen Leben für andere mit gutem Beispiel voranzugehen."

„Außer Mutter Theresa, Albert Schweitzer oder Martin Luther King würden mir dazu aber kaum noch andere Beispiele einfallen."

Daniel nickte.

„Aber das sind doch ganz große Ausnahmen von außergewöhnlichen Persönlichkeiten, Daniel, an denen man einen normalen Menschen nicht messen darf."

„Gott tut das auch nicht, und er erwartet auch nicht von allen Menschen etwas Großes oder Einzigartiges. Es gibt zum Glück noch viele Menschen, die sich in ihrem unmittelbaren Umfeld für andere engagieren, in dem sie beispielsweise einen kranken Angehörigen pflegen, ihre

Freizeit dafür opfern oder gar ihren Beruf dafür aufgeben. Andere helfen Bedürftigen oder engagieren sich für den Tierschutz und nehmen die damit verbundenen materiellen Nachteile klaglos in Kauf, weil sie wissen, dass es außer Geld noch eine andere, weit wertvollere Währungseinheit gibt, nach der sie im Einklang mit ihrem Gewissen und damit der göttlichen Liebe streben. Aber diejenigen, die ihre Willensfreiheit nur für Egoismus und Zügellosigkeit missbrauchen und damit ihrem Gewissen nicht folgen und ihrem Lebensplan zuwiderlaufen, nehmen im Laufe der Zeit zwangsläufig Schaden. Sie erfahren Krankheit und Leid, die sie durch ihr Fehlverhalten letztlich selbst verursacht haben."

„Wenn das so wäre, Daniel, dann müsste es doch eigentlich immer nur die Sünder und die Schuldigen treffen. Aber auch das widerspricht meinen Erfahrungen. Wie viele Menschen gibt es, die zu anderen lieb, nett und hilfsbereit sind und sich nichts zuschulden kommen lassen, aber trotzdem in ihrem Leben viel erleiden und ertragen müssen. Ich denke da an schwere Krankheiten, Behinderungen und Unfälle oder andere körperliche und geistige Behinderungen. Andere wiederum verlieren ihre Angehörigen oder …"

„Lass es gut sein, Lukas, ich weiß, dass du jetzt noch viele derartige Beispiele aufzählen könntest", unterbrach ihn Daniel.

„Richtig … und was sagst du dazu?"

„Nur soviel: Es ändert nichts an dem, was ich gesagt habe. Doch um das zu verstehen, musst du die ganze Wahrheit kennen, Lukas. Beim nächsten Mal sollst du sie erfahren, doch du solltest jetzt erst einmal deine Augen auf das richten, was vor uns liegt."

Erst jetzt wurde Lukas bewusst, dass er, ins Gespräch mit Daniel vertieft, seine Umgebung kaum wahrgenommen hatte. Vor ihnen war das andere Ufer des Sees zu erkennen, das im Gegensatz zu der Seite, an der die Blockhütte stand, von einer steilen Felsformation umschlossen war. Direkt vor ihnen schoss das Wasser eines Bergbaches kaskadenförmig über Felswände hinab in den See. In den hauchfeinen Dunstschwaden, die über der Wasseroberfläche aufstiegen, brach sich strahlend helles Licht in schier unendlich viele Farben, weit mehr als bei einem Regenbogen auf der Erde. Es schien ihm gerade so, als wäre es ein schillernder Sternenregen, der über dem Wasserfall schwebte. Sie stiegen aus und näherten sich dem Wasserfall, der tosend die Felsen hinabstürzte, wobei das Rauschen des Wassers keineswegs beängstigend und bedrohlich auf ihn wirkte wie bei den Wasserfällen unten auf der Erde. Vor Wasser hatte er eigentlich schon immer einen unerklärlichen Respekt, aber dieser Wasserfall aus einer anderen Welt zog ihn magisch an. Es schien ihm, als würde das Brausen des Wassers von Harfenklängen begleitet, die eine wunderschöne Melodie wiedergaben. Daniel ging voraus und winkte ihm, nachzukommen. Ein gutes Stück oberhalb der Stelle, an der der Wildbach in den See mündete, machten sie neben einem kleinen Felsvorsprung halt, über den das Wasser hinabstürzte und sich in einer Art muldenförmigem Becken sammelte, bevor es von dort in einer weiteren Kaskade in Richtung See hinabstürzte. Sie saßen eine Weile schweigend nebeneinander. Mit den Augen verfolgte Lukas den Lauf des Wassers, wie es im freien Fall hinabstürzte. Plötzlich verspürte er einen unwiderstehlichen Drang, es dem Wasser gleichzutun und sich ebenfalls in die Tiefe fallen zu lassen. Er hatte keine Erklärung dafür, da er doch gerade zu Lebzeiten sowohl vor dem Wasser als auch vor der Höhe einen Heidenrespekt hatte. Trotzdem ließ ihn der Gedanke nicht mehr los.

Nach einer Weile sah ihn Daniel an und fragte: „Warum tust du es nicht einfach, Lukas?"

Wie bitte, was soll ich tun?, wollte Lukas eigentlich zurückfragen. Doch dann wurde ihm wieder bewusst, dass Daniel alle seine Gedanken vertraut waren. Trotzdem versuchte er instinktiv, seinem Schutzgeist etwas vorzugaukeln.

„Aber das ist doch viel zu hoch für mich. Außerdem verspüre ich dazu nicht die geringste Lust. Glaubst du im Ernst, dass ich mir dort unten den Schädel aufschlagen möchte? Vielleicht ist das Becken nicht tief genug oder es sind Felsbrocken darin."

Daniel schmunzelte. „Erstens versuchst du mich zu belügen, was die Lust zu springen anbetrifft, und zweitens vergisst du vollkommen, dass du zwar auch hier einen Körper hast, dass dieser Körper aber feinstofflicher Art ist und du daher keine Bedenken zu haben brauchst, dass du dir wehtun oder dich verletzen könntest."

Lukas blickte Daniel nachdenklich an und nickte dann. „Das leuchtet mir zwar ein, aber …", er zögerte einen Moment und fuhr dann fort, „bist du dir da auch wirklich ganz sicher Daniel?"

„Gegenfrage, mein Freund, was bin ich für dich?"

Wieder richtete Lukas den Blick fragend auf ihn. „Was meinst du damit, was du für mich bist?"

„Nun stell dich aber bitte nicht dümmer an, als du bist. Also?"

„Na ja, mein Schutzgeist bist du."

„Genau, und glaubst du allen Ernstes, dass ein Schutzgeist seinen Schützling in Gefahr bringen würde?"

„Nein, natürlich nicht. Bitte entschuldige, Daniel."

„Worauf wartest du dann noch, Lukas?"

Lukas spürte, dass er Daniel jetzt einen Vertrauensbeweis erbringen musste. Die Angst vor der Tiefe wich allmählich und so gab er dem Drang, sich hinabzustürzen, einfach nach. Er erhob sich, watete am Rand des Vorsprungs bis zur Mitte des Bachlaufs. Er zögerte einen Moment, weil ihn lähmende Angst für kurze Zeit erneut beschlich. Es fiel ihm schwer, sie mit einem weit ausholenden Sprung kopfüber in die Tiefe zu überwinden. Synchron mit dem tosenden Wasser nach unten zu fallen war ein unbeschreibliches Erlebnis. Für Bruchteile von Sekunden tauchten schreckliche Bilder vor seinem geistigen Auge auf, die er sich nicht erklären konnte. Im nächsten Moment tauchte er tief ins Becken ein und ließ sich langsam wieder an die Wasseroberfläche treiben. Dort fiel sein Blick auf Charlotte, die am Rand des Beckens saß und ihn bei seinem wagemutigen Sprung beobachtet hatte. Sie ließ sich ins Wasser gleiten und schwamm ihm entgegen. Irgendwo in der Mitte trafen sie sich.

„Wo kommst du denn auf einmal her, Charlotte?", fragte er sie, noch ein wenig außer Atem.

Sie sah ihn mit einem geheimnisvollen Lächeln an. „Ich habe plötzlich eine tiefe Sehnsucht nach dir verspürt, die mich wohl hierher geführt hat, Lukas. Ich möchte gerne noch einmal mit dir zusammen sein, bevor ..." Sie stockte plötzlich und schüttelte kaum merklich den Kopf.

„Bevor was, Charlotte? Was wolltest du sagen?"

Erneut schüttelte sie den Kopf. „Nein Lukas, das muss Daniel dir erklären."

„Na gut, dann fragen wir ihn gleich mal", erwiderte Lukas und blickte nach oben. Doch Daniel war nicht mehr zu sehen.

Charlotte folgte seinem Blick und sagte: „Du suchst ihn dort oben vergeblich."

„Das verstehe ich nicht, er war doch eben noch hier."

„Ich weiß", erwiderte Charlotte, „aber jetzt sind wir alleine, Lukas."

Kapitel 10: Vorleben

Als Lukas zur Hütte zurückkehrte, schien Thomas schon eine Weile auf ihn gewartet zu haben. „Du warst sehr lange weg", sagte er, „ich wollte mich gerade aufmachen, um nach dir zu suchen."

„Ich war mit Daniel am Wasserfall, drüben am anderen Seeufer."

„Und? Hat es dir gefallen?"

„Wunderschön war es, ich habe sogar einen Sprung hinab gewagt."

„Alle Achtung, das hätte ich dir nicht zugetraut. Dort unten auf der Erde hast du dich im Schwimmbad noch nicht einmal getraut, vom Dreimeterbrett zu springen, wenn ich mich richtig erinnere."

„Ja, Thomas, aber hier ist einfach alles anders, alles so leicht. Manchmal erkenne ich mich selbst nicht wieder. Übrigens, ich habe sie dort wiedergetroffen."

Thomas sah ihn fragend an. „Wen meinst du?"

„Na Charlotte, die Frau, von der ich dir erzählt hatte."

„Du meinst die, die du am Bachufer getroffen hattest?"

Lukas nickte. „Ich bin mir jetzt ganz sicher, dass ich sie von früher kenne, aber mir will partout nicht einfallen, wo und wann das war."

„Ich bin sicher, dass du es schon bald erfahren wirst, Lukas. Frag Daniel doch einfach beim nächsten Mal danach, doch jetzt solltest du dich erst einmal ausruhen."

Als Lukas wieder erwachte, spürte er instinktiv, dass Daniel ihn erwarten würde. So machte er sich auf den Weg und sah seinen Schutzgeist schon bald irgendwo am Bachufer stehen und ihm zuwinken.

„Ich habe dich erwartet, Lukas", sagte er. „Lass uns nach oben gehen. Auf dem Weg dorthin will ich dir deine Fragen beantworten und danach noch einen Film zeigen."

„Einen Film, Daniel?"

Daniel nickte. „Einen Film über dich und dein Leben, Lukas."

„Aber den hast du mir doch schon gezeigt, ganz am Anfang. Soll ich mir den etwa noch einmal ansehen?"

Daniel schüttelte den Kopf.

„Aber ich habe doch jede Sekunde meines Lebens schon gesehen."

„Nein, Lukas, du hast sehr vieles noch nicht gesehen, aber das kannst du erst verstehen, wenn du diesen Film gesehen hast. Ich möchte zunächst noch einmal auf deine Skepsis und deine Zweifel in Bezug auf Gottes Gerechtigkeit zurückkommen. Du hegst sie doch wohl noch immer?"

110

„Ja, obwohl ich mir überhaupt nicht vorstellen kann, dass Gott ungerecht sein könnte, doch das Leben dort unten lehrt einen mitunter schmerzlich, dass es wohl doch so ist."

Daniel schüttelte den Kopf. „Nein, so ist es nicht. Bezogen auf das Leben, dass die Menschen gerade führen, mag ihnen das zwar so vorkommen, aber ..."

„Was soll das heißen, bezogen auf das Leben, das sie gerade führen? Was willst du damit sagen, Daniel?", unterbrach ihn Lukas.

„Unterbrich mich bitte nicht schon wieder, ich bin ja gerade dabei, es dir zu erklären", erwiderte Daniel. Dann fuhr er fort. „Es gibt mehr als ein Leben, für die allermeisten Menschen jedenfalls. Sie müssen durch eine Kette irdischer Existenzen gehen, um sich zu Gott hin weiterzuentwickeln."

„Aber ..."

Daniel deutete Lukas an, zu schweigen und ihm weiter zuzuhören. „Ich weiß, was du jetzt sagen willst. Du willst mir erklären, dass dies nicht mit deinem Glauben übereinstimmt. Eigentlich müsste ich sagen, nicht mit dem übereinstimmt, was du in der Kirche und im Religionsunterricht gelernt hast, nämlich dass es nur ein Leben auf Erden gibt und dass nach einem Gericht am Jüngsten Tag die Guten in den Himmel und die Schlechten in die Hölle kommen. Stimmt´s?"

Lukas nickte.

„Doch das trifft so nicht zu, mein Freund."

Lukas konnte sich jetzt einfach nicht länger zurückhalten. „Aber du wirst mir doch jetzt nicht erzählen wollen, dass die Kirche die Unwahrheit verbreitet. Warum sollte sie das denn tun?"

„In diesem Fall solltest du besser die christliche Kirche sagen, Lukas, denn die meisten Menschen auf der Erde glauben an ein Karma und an eine Wiedergeburt. Vielen Christen ist nicht bekannt, dass diese Art von Glauben einst auch eine Grundlage des Urchristentums darstellte. Erst ein paar Jahrhunderte nach Christi Geburt nahm die Kirche Abstand vom Glauben an eine Wiedergeburt."

„Und warum?"

„Um damit die Abhängigkeit der Menschen von der Institution Kirche zu vergrößern. Man verkündete ihnen, dass es nur ein Leben auf der Erde gibt und dass ein Sünder nur dann in den Himmel kommen kann, wenn er seine Sünden vorher beichtet und Buße tut, nicht nur in Form von Gebeten, sondern vor allem mit Ablasszahlungen oder Spenden an seine Kirche."

„Ich glaube, ich verstehe, was du damit sagen willst", erwiderte Lukas, „und trotzdem …"

„Zweifelst und haderst du noch, obwohl du deinem Schöpfer doch selbst begegnet bist."

„Nein Daniel, an der Existenz Gottes habe ich eigentlich nie gezweifelt. Es war dort unten nur lange Zeit kein Thema mehr für mich."

„Doch Lukas, aber es war dir selbst nicht richtig bewusst. Du hast einen ausgeprägten Gerechtigkeitssinn, der dir im Glauben an Gott im Weg stand und dich tief in deinem Inneren an seiner Existenz zweifeln ließ."

Lukas sah ihn eine Weile schweigend an, dann nickte er heftig. „Du hast Recht, Daniel. Erst jetzt, wo du es sagst, ist es mir richtig klar geworden. Ich kann Ungerechtigkeiten tatsächlich nicht ertragen. Wenn man tagtäglich mitbekommt, was sich auf dem Planeten Erde abspielt, all die Grausamkeiten, Naturkatastrophen, Kriege, Leid, Not, Elend und Krankheiten, ich weiß gar nicht, was ich noch alles aufzählen soll, dann verliert man den Glauben an das Gute, an die Gerechtigkeit und … damit wohl auch an den lieben Gott."

„Und deshalb bist du hier, um zu erfahren, dass Gott niemanden bestraft, sondern dass jeder seine eigenen Früchte erntet, die guten und die faulen Früchte wohlgemerkt. Doch es sind nicht immer die Früchte aus seinem aktuellen Leben, denn Gott gibt jedem auch die Chance, seine Verfehlungen aus einem Vorleben in einer neuen irdischen Existenz wieder gut zu machen. Viele werden dann am eigenen Leib verspüren, was sie anderen einmal angetan haben."

„Willst du damit etwa sagen, dass eigene Untaten, wie soll ich es sagen, etwa wie ein Bumerang wieder zurückkommen und einen selber treffen?"

„Genau."

„Aber das ist ja schrecklich."

„Jede Untat ist schrecklich, Lukas, aber viele können das erst begreifen, wenn sie selbst Opfer statt Täter sind. Ja, es ist schrecklich, aber es ist nicht ungerecht, Lukas. Jeder Mensch wird nach seinem irdischen Tod mit dem, was er im Leben Gutes und Böses getan hat, hier oben konfrontiert. Du hast es selbst erlebt. Und jeder erhält nach einer gewissen Zeit der Schulung und Reife Gelegenheit, zur Tilgung seiner Schuld aus der Vergangenheit erneut zur Erde zurückzukehren. Das Schicksal, das ihn in seiner neuen Existenz auf der Erde erwartet, sucht er sich mit Unterstützung seines Schutzgeistes und anderer Geistwesen vorher selbst aus. Du erinnerst dich, wir hatten ja schon über den Lebensplan gesprochen. Nicht Gott ist es also, der über einen befindet, sondern man tut es selbst. Verstehst du jetzt, dass Gott nicht ungerecht ist?“

Lukas war wie versteinert und schwieg eine Weile. Dann schaute er seinen Schutzgeist an und nickte. „Ja, ich glaube, ich verstehe es jetzt, Daniel.“ Alles schien ihm auf einen Schlag wie Schuppen von den Augen zu fallen. Doch dann schüttelte er plötzlich den Kopf und sagte: „Wenn es so ist, wie du sagst, dann wäre das Leid ja bis in alle Ewigkeit vorprogrammiert.“

„Für diejenigen, die anderen bis in alle Ewigkeit Leid zufügen würden, wäre das so, Lukas, aber Gott wird nicht eher ruhen, bis auch der letzte Unverbesserliche zur Einsicht gelangen wird.“

„Aber es gibt so unendlich viel Böses und Schlimmes dort unten auf der Erde. Das raubt mir jede Hoffnung auf ein Ende dieses Grauens."

„Es ist deine Sicht der Dinge, die dich zu dieser Erkenntnis führt, mein Freund. Leider ist es dort unten so, dass gute Nachrichten eher die Ausnahme darstellen. Das Böse und das Schreckliche findet dagegen in den Medien reichlich Platz und wird von ihnen genüsslich ausgeschlachtet und verbreitet, frei nach dem Motto ´Nur eine schlechte Nachricht ist eine gute Nachricht´, so sagt man doch wohl? Doch es gibt zum Glück auch viel Gutes, das aber meistens im Verborgenen blüht. Viele Menschen führen ein gottgerechtes Leben und helfen anderen uneigennützig. Doch so etwas ist, von Ausnahmen mal abgesehen, in der Regel nichts Spektakuläres oder Erwähnenswertes. Zudem erachten es die meisten Menschen ohnehin als selbstverständlich, dass ihnen andere helfen, während sie selbst nicht dazu bereit sind, Mühen und Belastungen für ihre Mitmenschen aufzubringen."

Lukas nickte. „Du hast Recht, Daniel, aber soll das denn heißen, dass jeder Mensch, dem Kummer und Leid widerfahren, in seinem Vorleben selbst Kummer und Leid gestiftet hat?"

Daniel schüttelte den Kopf. „Nein, so ist es nicht, denn es gibt noch andere Gründe für schlimme Schicksale auf der Erde."

„So, und welche?"

„Nun, es gibt zum Beispiel höher stehende Geistwesen als du und ich, die freiwillig eine Art Opferrolle übernehmen, um sich in der damit verbundenen Erkenntnis selbst weiter entwickeln zu können oder anderen damit die Möglichkeit für Nächstenliebe und Hilfsbereitschaft zu bieten, damit diese so Schulden aus ihrer Vergangenheit tilgen können."

„Willst du damit etwa sagen, dass ein mancher nur aus purer Nächstenliebe auf die Welt kommt, um im Rollstuhl zu sitzen oder behindert zu sein, Daniel?

„Ja, Lukas. Man sollte sich also sehr davor hüten, sich eine falsche Meinung von anderen zu bilden. Ein Problem, das dir leider nicht ganz unbekannt ist."

„Ich weiß es jetzt selbst, Daniel, dass ich schon manchem Zeitgenossen damit Unrecht getan habe."

„Und trotzdem ist es dir immer wieder passiert."

„Ja, weil ich einfach im Laufe meines Lebens mehr und mehr verlernt habe, an das Gute im Menschen zu glauben. Ich weiß selbst nicht genau, weshalb."

„Ganz einfach, weil du dich in deiner Wahrnehmung anderen gegenüber immer mehr auf das Böse und Schlechte konzentriert hast und so blind für das Gute geworden bist. Dabei bist du aber selbst nie auf die Idee gekommen, auch dich und dein Verhalten Dritten gegenüber einmal kritisch zu hinterfragen. Doch lass mich dir jetzt erst einen kleinen Einblick in dein vorletztes Leben auf der Erde gewähren, bevor wir weiterreden."

Lukas, der mit Daniel die ganze Zeit so sehr ins Gespräch vertieft war, dass er seine Umgebung überhaupt nicht wahrgenommen hatte, bemerkte erst jetzt, dass sie am Kinosaal angelangt waren. Sie traten ein und nahmen nebeneinander Platz. Im gleichen Augenblick verdunkelte sich der Raum und auf der überdimensionalen Leinwand, die im Raum schwebte, liefen Bilder aus einer längst vergangenen Zeit ab, die ihm dennoch vollkommen vertraut erschienen. Er sah sich als Bergbauer bei der Arbeit auf einer Alm, irgendwo in den Alpen. Aus der Art der Kleidung zu schließen, die er in diesem Film trug, musste es wohl irgendwann im neunzehnten Jahrhundert gewesen sein. Er lebte damals mit einer Frau zusammen, die sich um ein halbes Dutzend Kinder kümmerte, die er im Gegensatz zu ihr sehr lieblos behandelte. Bis auf das jüngste Kind, das die Mutter noch auf dem Arm trug, mussten sie ihm schon sehr früh bei der Arbeit zur Hand gehen, wobei er jeden ihrer Fehler sofort mit aller Härte bestrafte und sie mit einer Rute verprügelte. Die Schläge prasselten wie Peitschenhiebe auf die kleinen Körper und hinterließen dort blutige Streifen. Auch seiner Frau verschonte er nicht, wenn sie sich schützend zwischen ihn und die Kinder zu stellen versuchte. Er sah in ihre angsterfüllten, weit aufgerissenen

Augen und erkannte erst jetzt, dass es Charlotte war, die er so misshandelt hatte, die Frau also, der er hier oben wieder begegnet war und nicht wusste, woher er sie kannte. Dann sah er einen Mann, der ihn von hinten packte und ihm die Rute zu entreißen versuchte, was ihm aber nicht gelang. Er sah sich wie besessen auch auf diesen Mann einprügeln, bis der blutend am Boden lag. Starr vor Entsetzen erkannte Lukas in ihm seinen Freund Thomas wieder, der in diesem Vorleben offenbar als Knecht mit auf der Alm gelebt und eine heimliche Beziehung mit Charlotte hatte, hinter die er eines Tages gekommen war. Lukas sah, wie Charlotte vor Angst getrieben vor ihm die Flucht ergriff und in Richtung eines Wildbaches lief, der nicht weit vom Haus entfernt verlief. Er sah sich wutentbrannt hinter ihr herrennen und sie ergreifen, gerade als sie den Bach überqueren wollte. Es kam zu einem Handgemenge, bei dem sie beide ins eiskalte Wasser stürzten. Er sah, wie er sie so lange würgte, bis ihr Körper erschlaffte. Dann gab er ihr einen Stoß mit den Füßen, sodass sie in der starken Strömung abtrieb und ein Stück weiter abwärts mit den tosenden Wassermassen senkrecht hinabstürzte. Im gleichen Moment endete der Film abrupt. Starr vor Entsetzen saß Lukas nach vorne gebeugt neben Daniel und hielt sich die Hände vors Gesicht. Tränen liefen ihm zwischen den Fingern hindurch. Daniel legte ihm tröstend die Hand auf die Schulter.

„Oh Gott, ich habe sie umgebracht", schluchzte er. „Ist das wirklich wahr, Daniel.

Sein Schutzgeist nickte stumm.

Lukas war völlig erschüttert. „Zuerst Charlotte ... und dann Christina, was bin ich nur für ein schrecklicher Mensch gewesen? Ich kann es einfach nicht fassen."

„Zum Glück hast du bei Christina das Schlimmste in letzter Sekunde verhindert, Lukas. Das war gut so, auch wenn es gar nicht erst hätte soweit kommen dürfen. Aber ich sehe, dass du jetzt nicht in der Verfassung bist, um mit dir weiter darüber reden zu können. Geh zurück zur Hütte und versuche dich erst einmal zu beruhigen."

Doch Lukas wäre jetzt nicht in der Lage gewesen, einfach zu Thomas zurückzugehen und ihm in die Augen zu blicken, zu sehr machten ihm Scham und Reue zugleich zu schaffen. Nachdem er sich von Daniel verabschiedet hatte und ein Stück talabwärts gegangen war, ließ er sich einfach auf einer Wiese rücklings ins Gras fallen. Sein Blick verlor sich in einem blauschwarzen Himmel, in dem die Sterne wie leuchtende Diamanten funkelten. Irgendwann fiel er völlig erschöpft in einen tiefen Schlaf.

Kapitel 11: Aussprachen

Als Lukas wieder zur Hütte zurückging, überfiel ihn ein beklemmendes Gefühl. Was sollte er Thomas sagen, wenn der ihn fragen würde, wo er so lange war. Noch immer geisterten ihm die schrecklichen Bilder durch den Kopf. Wie würde sein Freund damit umgehen, wenn er es ihm erzählen würde, oder wusste er vielleicht darüber schon Bescheid? Sein Blick fiel auf den See. Plötzlich kam Wind auf, der bizarre Wellenmuster an der Wasseroberfläche erzeugte. Von Weitem sah er drei funkelnde Objekte über dem Wasser schweben, die sich mit hoher Geschwindigkeit näherten. Als sie nahe genug waren, erkannte er, dass es Daniel und zwei weitere Schutzgeister waren, die sich auf der Veranda vor der Blockhütte niederließen. Kurz darauf öffnete sich die Tür zur Hütte. Charlotte und Thomas traten heraus. Er hatte sie noch nie zusammen gesehen, hier oben jedenfalls nicht. Er wusste nicht, wie er sich verhalten sollte, doch Daniel nahm ihm das Problem ab.

„Du brauchst dir keine Gedanken zu machen, Lukas. Wir alle hier sind auf dem gleichen Kenntnisstand und können völlig offen miteinander reden. Und es will dich auch niemand hier für Untaten aus deiner Vergangenheit zur Rede stellen."

In den Blicken von Charlotte und Thomas, die sich auf ihn richteten, lag so viel Güte und Wärme, dass sich seine Bedenken augenblicklich zerstreuten.

„Das hier ist übrigens Katharina, der weibliche Schutzgeist von Thomas", sagte Daniel und deutete auf das Geistwesen zu seiner Rechten. „Und Mathias links neben mir ist der Schutzbefohlene von Charlotte. Wir wollen mit euch über eure gemeinsame Vergangenheit sprechen."

„Du wirst dich jetzt vielleicht fragen, warum man dich hier mit Charlotte und Thomas konfrontiert, zwei Geistwesen, denen du in einer früheren Existenz Unrecht angetan hast, obwohl sie dir sehr nahe standen", fuhr Katharina fort.

Lukas nickte. „So ist es, aber es wird wohl seinen Sinn haben, denke ich mir."

„Ja, Lukas, es hat seinen Sinn. Du hast doch sicher schon einmal vom Begriff der Seelenverwandtschaft gehört."

„Nun, auf der Erde verwendet man den Begriff, wenn sich Menschen besonders nahe stehen."

„Genau", erwiderte Mathias, „und so ist es bei euch Dreien. Zwischen euch besteht eine Art Seelenverwandtschaft, die euch bei vergangenen irdischen Existenzen immer wieder mal zusammengeführt hat. Es gibt aber auch Seelenverwandtschaften, die bis in alle Ewigkeit in unterschiedlichen Konstellationen miteinander verbunden sind, als enge Verwandte, als Partner oder als Freunde."

„Wobei ein Menschenleben nicht bis ins letzte Detail vorbestimmt ist, aber doch in selbst vorgegebenen Bahnen entsprechend dem Lebensplan abläuft", ergänzte Daniel. „Du musst wissen, dass jedes Wesen neben dem Lebensplan auch noch einen Restlebensplan vom vorhergehenden Leben und einen Zwischenplan vom Zwischenleben in Jenseits hat."

Lukas war anzusehen, dass er sich nur mit Mühe zu beherrschen versuchte. Schließlich platze es doch aus ihm heraus. „Tut mir leid, wenn ich mich jetzt so drastisch ausdrücke, aber wozu soll das denn alles gut sein. Ich meine, immer wieder zur Erde zurückkehren zu müssen, um immer wieder aufs neue Leid, Kummer, Angst, Schmerzen und weiß der Teufel was sonst noch Schreckliches anzurichten oder am eigenen Leib zu erfahren. Das ist doch der helle Wahnsinn, was sich auf dem Planeten Erde abspielt."

Katharina erhob sich und legte ihm tröstend den Arm über seine Schulter. „Ich kann deine Erregung sehr gut verstehen. Es ist leider so, dass das Böse auf der Erde überwiegt. Es bezieht seine Energie von denen, die es durch Förderung von Gewalt und Unterdrückung, durch Süchte, Egoismus und anormale Verhaltensweisen oder durch Auslösen von Depressionen, Niedergeschlagenheit und Selbstaufgabe von ihrem Weg zurück zu Gott abhält. Das Böse erzeugt Ängste und negative Vorstellungen und versucht, die Menschen mit Versuchungen, Verlockungen und Verführungen auf einen Irrweg zu leiten. Dennoch ist niemand dazu gezwungen, immer wieder zur Erde zurückzukehren. Es liegt einzig an jedem selbst, wie er sein Leben gestaltet und ob er die göttlichen Gebote zu beachten bereit ist. Man muss das Erdenleben als Schule begreifen, die man irgendwann für immer verlassen kann und darf, wenn man alle seine Aufgaben erfüllt und seine Prüfungen bestanden hat."

„Und zu den wichtigsten Aufgaben im Leben gehören Liebe, Friede, Verantwortung und Selbstdisziplin", ergänzte Mathias. „Man muss sich selbst die richtigen Ziele setzen und darf entsprechende Visionen nie aus den Augen verlieren, denn darin sind Signale aus dem Unterbewusstsein verborgen, die im Einklang mit dem Lebensplan stehen. Auf seinem Lebensweg muss man lernen, durchzuhalten, geduldig und beharrlich zu sein und niemals aufzugeben.

Daniel nickte. „Und mit innerem Frieden, mit Ruhe und Gottvertrauen lässt sich viel mehr erreichen als mit einem erregten Gemütszustand, so wie das in deinen Vorleben leider viel zu oft der Fall war. Dazu gehört auch das Überwinden der eigenen Verletzbarkeit, von Anmaßung, von Wut und von Aggressionen, die oft aus einem Gefühl, überfordert zu sein, resultieren. Deshalb ist es wichtig, sich von Zeit zu Zeit auch Auszeiten in aller Stille zu gönnen."

Thomas, der die ganze Zeit schweigend zugehört hatte, begann sich in die Unterhaltung einzuklinken. „Schön und gut, Daniel, das klingt aber alles wie die Predigt eines Pastors dort unten auf der Erde. Ich wage mal zu behaupten, dass es selbst beim besten Willen dort unten niemand gelingen wird, dauerhaft all diese Tugenden zu pflegen."

„Das ist richtig, denn wo Menschen sind, da stellen sich auch Unzulänglichkeiten und Fehler ein", erwiderte Daniel. „Deshalb ist es wichtig, nicht nur um Vergebung für seine eigenen Fehler zu bitten, sondern auch anderen das zu vergeben, was sie einem selbst angetan haben, denn etwas nicht zu vergeben heißt, sich selbst an andere beziehungsweise an Negatives zu fesseln. Wir wissen, dass das ungeheuer schwierig für die Menschen ist, da sie diese Erkenntnisse nicht aus ihrem Gedächtnis abrufen können. Niemand erinnert sich in seinem irdischen Leben an das, was ihm hier vermittelt worden ist, und dennoch kann jeder jederzeit darauf zurückgreifen, weil es tief in seinem Inneren unauslöschlich gespeichert ist. Doch die allermeisten Menschen verlernen leider im Laufe ihres irdischen Daseins, auf ihr Inneres zu hören und sind nur noch aufnahmebereit für das menschliche Treiben. Und deshalb werden sie in ihrem Leben immer wieder mit Situationen konfrontiert, die sie zur Besinnung bringen sollen. Selbst hinter einem Gegner oder einem Feind versteckt sich nicht selten ein verkannter Lehrmeister. Auch deswegen sollte man Nachsicht mit anderen üben und sich um Liebe zu allen Menschen bemühen."

Lukas schüttelte heftig den Kopf. „Das, was du gerade sagst, Daniel, das ist vollkommen unrealistisch. Wie soll ich denn jemand lieben können, der mir oder meinen Liebsten etwas Böses angetan hat oder antun will?"

„Was die Menschen im Allgemeinen unter Liebe verstehen oder mit ihr verbinden ist nicht umfassend genug, Lukas, denn Liebe darf sich nicht einseitig nur auf diejenigen beziehen, die man wirklich mag. Liebe heißt letztlich, keinem anderen etwas Böses anzutun oder zu wünschen, auch wenn der andere selbst dagegen verstößt, denn wenn man Gleiches mit Gleichem zu vergelten versucht, wird die Spirale der Gewalt und des Bösen nie ein Ende finden. Dessen sollte sich jeder bewusst sein", erwiderte Mathias.

„Und du glaubst im Ernst, dass man damit das Böse aufhalten kann?"

„Ja, aber in den allermeisten Fällen leider nicht unmittelbar. Natürlich gibt es keine Gewähr dafür, dass der Böse dann augenblicklich innehält, vielleicht wird er dir sogar noch mehr zusetzen oder dich als Feigling verhöhnen. Vielleicht wird er aber auch über dieses ungewöhnliche Verhalten nachdenken, sich beschämt fühlen und in seinem Tun ablassen. Ich gebe zu, die Chance dürfte verschwindend gering sein, aber du lieferst dem Bösen damit zumindest keinen Grund zu weiteren Untaten. Die Menschen erwarten verständlicherweise immer sofort einen gerechten Lohn für richtiges Verhalten oder für eine gute Tat. Doch all die Grausamkeiten, die sie über sehr sehr lange Zeit auf dem Planeten Erde verursacht haben, die lassen sich leider nicht mit einem Schlag ins Gegenteil umkehren. Eine Lösung bringt dauerhaft nur ein einseitiger Verzicht auf Gewalt, auch dann, wenn einem selbst Gewalt angetan wird. Das ist mit Abstand die größte Herausforderung für jeden Menschen, doch nur diejenigen, die sie meistern, können sich für immer vor irdischer Gewalt und Grausamkeiten schützen."

Lukas schüttelte heftig den Kopf. „Aussichtslos, das schafft mit Sicherheit niemand, Mathias", erwiderte er.

„Du irrst zum Glück, doch bezogen auf die gesamte Menschheit ist es leider nur eine verschwindend geringe Zahl, die diese unendlich hoch erscheinende Hürde meistern. Alle Menschen müssen daher endlich lernen zu begreifen, dass sie sich nicht nur zu ihrem eigenen Wohl, sondern im Interesse aller gegen Unmenschlichkeit in allen Bereichen gemeinsam zur Wehr setzen müssen, denn nur so ist es möglich, dem Bösen dauerhaft Einhalt zu gebieten. Solange diese Einsicht jedoch nicht um sich greift, wird es immer nur einzelnen gelingen, die Macht des

Bösen zu durchbrechen, und so lange werden unendlich viele andere weiter leiden müssen. Gottes Wille ist es, dass es irgendwann einmal alle schaffen werden, und irgendwann wird das auch der Fall sein. Aber glaubt mir, nichts wäre ihm lieber, als dass sein Wunsch, so schnell es nur geht, erfüllt wird."

„In Ewigkeit, Amen!", schob Lukas mit unverkennbarem Sarkasmus hinterher, wofür er sich aber sofort wieder bei Daniel entschuldigte.

Sein Schutzgeist quittierte diese Bemerkung mit einem vielsagenden Lächeln. „Ich fürchte, mit dieser zeitlichen Einschätzung liegst du gar nicht so falsch, mein Freund, leider", seufzte er, „aber lass dir bitte damit nicht deinen Mut rauben, den du in Zukunft noch sehr brauchen wirst."

„In Zukunft, Daniel? Was soll das denn heißen?"

„Hab noch ein wenig Geduld, mein Freund, du wirst es schon bald erfahren. Doch lasst uns erst das zu Ende führen, was nicht nur für dich, sondern auch für Charlotte und Thomas von Bedeutung ist. Mathias hat euch dazu sicher noch einiges zu sagen."

Mathias nickte. „Alle Menschen sollten andere, die aus welchen Gründen auch immer hilfsbedürftig sind, im Rahmen ihrer Möglichkeiten unterstützen, aber auch genau so um Hilfe bitten, wenn sie selbst welche benötigen. Anderen Gutes zu tun und ihnen zu helfen, heilt die eigene

Seele. Gutes zu lassen oder anderen die Hilfe zu verweigern verletzt sie dagegen. Die Nächstenliebe, der Dienst am Menschen, führt jeden sicher zu Gott, auch wenn einem das nicht immer leicht fällt."

„Ich glaube, wir haben unseren Schützlingen fürs Erste genug vermittelt und sollten ihnen etwas Zeit geben, in Ruhe darüber nachzudenken", signalisierte Katharina den beiden anderen Schutzgeistern. „Charlotte, Lukas und Thomas wollen sich bestimmt auch alleine darüber unterhalten, was sie bewegt. Danach solltet ihr euch ausruhen, bevor wir weitermachen."

Noch bevor Charlotte, Thomas und Lukas etwas darauf erwidern konnten, waren ihre Schutzgeister verschwunden.

Kapitel 12: Spaziergang am See

„W ollen wir ein Stück am See entlang-
gehen", schlug Charlotte vor.
Thomas und Lukas nickten. Eine
Weile gingen sie schweigend nebeneinander her.
Das Wasser des Sees war spiegelglatt, sodass sie
sich selbst darin beobachten konnten. Lukas kam
es noch immer merkwürdig vor, in einem Körper
zu stecken, der seinem irdischen Körper zwar
nicht unähnlich, aber doch nicht mit diesem zu
vergleichen war. Sein jetziger Körper entsprach
etwa dem Zustand zu der Zeit, als er sich am
glücklichsten auf der Erde gefühlt hatte, als
junger Student, sportlich, schlank und mit vollem
dunklen Haaren, während er sich im Laufe der
Jahre mit zunehmendem Alter mehr und mehr
verändert hatte, nicht nur innerlich, wovon erste
Sorgenfalten und graue Haare in zunehmendem
Maße zu zeugen begannen. Aber auch von den
Folgen des schweren Unfalls auf einer Baustelle,
bei der ihm ein Stahlträger fast das rechte Bein
zertrümmert hatte und er seitdem ein wenig hink-
te, war hier nichts zu sehen. Thomas hatte sich
dagegen nicht verändert, er sah genau so aus wie
damals, als er ihn kurz vor seinem tödlichen Unfall zum letzten Mal gesehen hatte. Und

Charlotte, die Frau aus seinem Vorleben, erstrahlte in voller Schönheit, während ihr in dem Film, den ihm Daniel gezeigt hatte, deutliche Spuren der Geburt von sechs Kindern und die Folgen seiner Untaten anzusehen waren. Erst jetzt fiel ihm auf, das Charlottes und Thomas Geistkörper ein anderes Licht ausstrahlten als sein Körper. Während es bei den beiden ein intensives Leuchten in wechselnden Farben war, strahlte sein Körper in einem deutlich blasseren Licht. Er konnte sich darauf keinen Reim machen, wollte aber die beiden nicht darauf ansprechen, weil ihn ganz andere Gedanken quälten, von denen er sich gerne befreit hätte. Er war froh, als Thomas schließlich als Erster die Stille unterbrach.

„Wollen wir uns nicht ein wenig hinsetzen?", fragte er.

Charlotte und Lukas nickten und nahmen neben ihm im Gras Platz, das sich wie ein samtweicher warmer Teppich anfühlte. Keiner wagte den anderen anzublicken, bis Lukas sich einen Ruck gab.

„Ich möchte euch beide von ganzem Herzen um Verzeihung bitten für das, was ich euch in unserem gemeinsamen Vorleben angetan habe. Ich schäme mich so sehr für die Rohheit und Brutalität, mit der ich Charlotte und unsere Kinder damals behandelt habe. Glaubt mir bitte, ich bereue es von ganzem Herzen. Ich kann noch immer nicht begreifen, dass ich verantwortlich für

Charlottes Tod sein soll. Ich weiß leider nicht, was ich sonst noch dazu sagen soll."

Charlotte sah ihn lange an. „Ja Lukas, es war wirklich sehr schlimm, was du uns damals angetan hast, aber Thomas und ich tragen auch einen Teil Schuld daran. Wir wissen jetzt, dass es damals deine größte Angst und Sorge war, deine Familie zu ernähren. Die Zeiten waren sehr hart und du hast unermüdlich gearbeitet, um uns alle satt zu bekommen. Trotzdem hat es nicht immer gereicht, und so bist du im Laufe der Zeit mehr und mehr verhärtet, hast mich und die Kinder behandelt wie Arbeitstiere und hast mir als Frau immer weniger Beachtung geschenkt. Das hat mich schließlich eines Tages in die Arme von Thomas getrieben. Wir haben es zwar zu verbergen versucht, aber du hast es trotzdem gespürt. Das war sicherlich nicht richtig von uns und hat dich innerlich sehr verletzt. So ist dann eines Tages dieses tragische Unglück geschehen. Uns beiden ist dies alles aber erst hier oben so richtig bewusst geworden, hier, wo jeder mit seinen Fehlern schonungslos konfrontiert wird. Ich weiß jetzt, dass du mich und die Kinder sehr geliebt hast, dort unten, aber damals hatte ich geglaubt, dass wir nur eine Last für dich wären, die du am liebsten loswerden möchtest. Daher habe ich mich damals auch von dir zu lösen versucht."

„Und ich hatte damals ein schlechtes Gewissen dir gegenüber, weil ich dein Vertrauen missbraucht und deine Frau in einer schwachen

Stunde verführt habe. Deshalb wollte ich dir im nächsten Leben als ein treuer Freund zur Seite stehen. Ich hoffe, dass mir das einigermaßen gelungen ist, auch wenn mir dafür leider nicht viel Zeit vergönnt war." Mit diesen Worten versuchte Thomas, seine Sicht der Dinge zu schildern.

Lukas nickte und sah Thomas lange an. „Sag mir bitte, ob wir noch immer Freunde sind."

„Ja, Lukas, das sind wir."

„Darüber bin ich sehr glücklich, Thomas." Lukas starrte eine Weile schweigend aufs Wasser, dann fasste er sich ein Herz und sah Charlotte an. „Und wie stehst du jetzt zu mir, Charlotte, nach all dem, was ich dir angetan habe?"

„Ich bin schon viel länger hier als ihr beiden. Mir war wohl nach meinem unnatürlichen Tod eine längere Zeit der Ruhe und der Besinnung an diesem wunderschönen Ort gegönnt. Aber diese Zeit neigt sich dem Ende zu. Ich habe zusammen mit Mathias einen Lebensplan für einen weiteren Aufenthalt dort unten auf der Erde erstellt und werde schon sehr bald dorthin zurückkehren. Mathias hat mir gesagt, dass ich irgendwann, wenn ich dort unten erwachsen bin, Thomas wiedertreffen und mit ihm zusammenleben werde."

Thomas nickte. „Ja, so ist es vorgesehen, wie ich auch von Katharina erfahren habe."

Lukas war wie versteinert. „Und was ist mit mir, komme ich nicht in eurem neuen Lebensplan vor?", fragte er.

Charlotte schüttelte den Kopf. „Nein, Lukas!"

„Werde ich euch denn nie mehr wiedersehen?"

Thomas legte tröstend den Arm um ihn. „Wir werden uns immer wiedersehen, Lukas. Hier oben mit Sicherheit, und wer weiß, vielleicht wird uns Dreien ja auch mal wieder ein neues gemeinsames Erdenleben geschenkt."

„Geschenkt sagst du? Nein, eigentlich möchte ich nie mehr zur Erde zurück. Am liebsten würde ich für immer mit euch hier oben zusammen sein", erwiderte Lukas.

„Das würde ich mir auch wünschen", sagte Charlotte. „Wir können aber nur durch unser Verhalten selbst dafür sorgen, dass uns das eines Tages gelingt. Hoffen wir, dass es keine Ewigkeit dauern wird. Lasst uns aber jetzt umkehren und zur Hütte zurückgehen."

„Geht ihr beiden schon mal voraus. Ich möchte noch eine Weile hier alleine bleiben", sagte Lukas.

Thomas nickte und ging mit Charlotte gemeinsam den Weg zur Hütte zurück. Lukas starrte noch lange auf den See, über den sich allmählich ein Nebelschleier legte und eine Kulisse der Ruhe und des Friedens erzeugte, die jede Faser seines Geistkörpers zu durchdringen schien. Irgendwann war er im Gras eingeschlafen.

Kapitel 13: Letzte Ratschläge

Lukas sah schon von weitem die drei Schutzgeister mit Charlotte und Thomas wieder vor der Hütte sitzen, als er zurückkehrte.

„Ich bitte um Entschuldigung, dass ihr auf mich warten musstet", sagte er.

„Niemand hat auf dich gewartet, Lukas", erwiderte Daniel, „hier oben fügt sich alles genau so zusammen, wie es sein muss, denn wir sind auch gerade erst gekommen. Wir hatten beim letzten Mal mit euch über das richtige Verhalten anderen gegenüber gesprochen. Ich möchte das gerne als eine Art äußere Arbeit bezeichnen, die jedes Geistwesen zu leisten hat. Aber genau so wichtig ist es auch, sich mit seiner eigenen Persönlichkeit auseinanderzusetzen, und das möchte ich als innere Arbeit bezeichnen."

„Kannst du uns das bitte etwas näher erklären, Daniel?"

„Oh ja, das kann ich, und das wollte ich gerade tun, wenn ich nicht von meinem ungeduldigen Schützling mal wieder unterbrochen worden wäre."

„Bitte entschuldige Daniel, du hast es mir ja schon so oft gesagt, aber ich vergesse es immer wieder. Ich halte jetzt ganz bestimmt den Mund."

„Fragt sich nur, für wie lange", warf Thomas zu aller Erheiterung ein. „Am besten lassen wir es meinen Schutzgeist Katharina erklären, denn Damen gegenüber versucht Lukas gerne den Kavalier zu spielen, zumindest hat er das dort unten auf der Erde getan."

„Also gut", sagte Katharina, „mit innerer Arbeit meint Daniel die Arbeit an den eigenen Fehlern oder die Umwandlung von eigenen Schwächen in Stärken. Typisch für Lukas war, dass er sich selbst nicht mehr geliebt hat, dass er sich beruflich und privat mit anderen verglichen und so Neid und Missgunst anderen gegenüber aufgebaut hat. Das ist ein verhängnisvoller Fehler, den leider sehr viele auf der Erde machen. Jedes Wesen ist einzigartig und mit keinem anderen zu vergleichen. Jeder hat ohne Ausnahme nicht nur Stärken, sondern auch Schwächen, aber die meisten sind ein Leben lang bestrebt, ihre Schwächen vor anderen und damit letztlich vor sich selbst zu verbergen. Eigene Fehler muss man zugeben, statt zu versuchen, sie zu rechtfertigen, was leider eher die Regel als die Ausnahme ist. So macht jeder jedem etwas vor und blickt voller Neid auf andere. Doch es bringt niemand etwas, wie andere sein zu wollen, denn schließlich hat er sich sein eigenes Schicksal bei der Erstellung seines Lebensplans zuvor selbst ausgesucht. Sich ein anderes Schicksal auf der Erde zu wünschen, würde im Widerspruch dazu stehen und macht daher keinen Sinn."

„Nichts ist zufällig in einem Erdenleben", ergänzte Mathias, „man muss lernen, sein Schicksal anzunehmen, denn das Schicksal hält für jeden Menschen Aufgaben und Prüfungen bereit, die aus seinem eigenem Fehlverhalten in der Vergangenheit resultieren und aus freiem Willen gelöst oder bestanden werden müssen. Man darf sich niemals selbst geschlagen geben oder für gescheitert erklären oder sich gar in eine Opferrolle flüchten. Die Menschen müssen endlich damit aufhören zu glauben, dass nur sie alleine alles immer richtig beurteilen könnten."

„Es wäre auch falsch zu glauben, dass man seinem Schicksal dauerhaft aus dem Weg gehen kann. Genau so falsch ist es, seinen Aufgaben und Prüfungen immer wieder entfliehen zu wollen, denn wenn man einem Problem ausweicht, kommt es irgendwann in anderer Form umso heftiger auf einen zu. Wer seine Aufgaben dagegen löst, wird schon zu Lebzeiten deutlich die positiven seelischen und körperlichen Auswirkungen spüren und darf bei einer erneuten Reinkarnation mit größerer Reife und besseren Lebensbedingungen rechnen."

„Aber es gibt doch im Leben auch Situationen, wo man vor sehr schwierigen oder scheinbar unlösbaren Aufgaben steht und alleine einfach keinen Ausweg weis", warf Charlotte ein.

„Natürlich gibt es das", erwiderte Daniel, „aber auch dann darf man nicht aufgeben und sollte in stillen Gebeten um Hilfe und Beistand bitten, jedoch ohne gleich eine wundersame Lösung des Problems wie von selbst zu erwarten, denn seine Aufgaben muss man schon selbst erfüllen. Aber wenn Gott es für richtig hält, wird er einem zumindest beim Auffinden eines Lösungswegs Erleuchtung zuteilwerden lassen. Daher sollte man auch niemand anderem ohne Not zur Last fallen. Immer nur Angst vor Problemen zu haben ist nicht hilfreich, denn es gibt immer einen Ausweg."

„Wichtig ist es auch, ein Vorbild für andere zu sein in Bezug auf Liebe, auf Demut, auf Hilfsbereitschaft und Barmherzigkeit", ergänzte Mathias. „Das wirkt sich sowohl auf andere als auch auf das eigene Verhalten positiv aus. Die Menschen müssen lernen, die eigene Verletzbarkeit zu überwinden, ebenso wie ihren Hochmut, ihre Anmaßung und Besserwisserei. Gleiches gilt natürlich auch für Wut und Aggressionen."

Man sah es Lukas förmlich an, wie sehr ihn die Belehrungen der drei Schutzgeister nervten. „Tut mir leid, aber das sind alles letztlich nur fromme und schöne Worte, die wir alle auch schon zu Lebzeiten unendlich oft gehört haben und die meist doch wirkungslos im Äther verhallen. Dort unten herrscht nun mal eine erbarmungslose Ellbogenmentalität nach dem Motto `Jeder ist sich selbst der Nächste`. Die irdischen Gesetze stimmen jedenfalls nicht annähernd mit diesen frommen Weisheiten überein."

Daniel nickte. „Du hast recht, irdische Gesetze stehen oft nicht im Einklang mit den göttlichen Gesetzen, doch das ist für die Menschheit auch mit fatalen Folgen verbunden, mit Grausamkeiten, mit Unterdrückung, mit Elend und Verzweiflung. Viele auf dem Planeten Erde scheuen Pflichten, Anstrengung und Verantwortung wie der Teufel das Weihwasser und fallen scharenweise denen zum Opfer, die sie stattdessen zu Müßiggang und Laster verleiten. Doch das sind finstere Mächte, die nur das Ziel verfolgen, die Menschen vom Weg zurück zu Gott abzulenken und für sich zu vereinnahmen. Aber letztlich verwehren können sie ihnen diesen Weg zu Gott zum Glück nicht mehr, so wie es noch vor Jesus Opfertod vor mehr als zweitausend Jahren war. Ihr wisst aus der Bibel, dass Gott damals als Mensch Jesus Christus zur Erde kam, nachdem er erkennen musste, dass die Menschheit immer mehr für alles Göttliche blind und taub wurde. In jedem Menschen ist seither ein sogenannter Gottesfunken eingeprägt, der allen die Rückkehr ermöglicht, die auf ihr Inneres und damit auf ihr Gewissen hören und diesem konsequent folgen. Das Böse kann am Ende niemals siegen und wird untergehen, und genau aus diesem Grund versucht es auch mit allen Mitteln, das Ende so lange hinauszuzögern, wie es nur geht."

„Offenbar sehr erfolgreich, denn für mich ist die Erde nichts weiter als ein Planet der Grausamkeiten", brach es aus Lukas heraus.

„Du übertreibst mal wieder", entgegnete ihm Daniel, „auch wenn das Böse dort unten leider noch überwiegt, darf man das Gute trotzdem nicht verkennen. Lebt in meinem Gesetze, dann braucht ihr den Tod nicht zu fürchten, hat Gott einmal gesagt. Ihr drei habt nunmehr alles erfahren, was es für ein gottgerechtes Leben auf der Erde zu beherzigen gilt. Es mag euch vielleicht als unendlich viel erscheinen, aber tatsächlich ist es viel leichter als ihr glaubt. Ihr müsst nur immer Kontakt zu eurem Schöpfer halten und dem Ruf eures Herzens folgen."

„Dann gehen wir drei also doch zusammen zurück zur Erde?", fragte Lukas.

Daniel schüttelte den Kopf. „Nein Lukas, in dieser Beziehung muss ich dich leider enttäuschen, denn Charlotte und Thomas erwartet dort unten ein neues Leben."

„Ein neues Leben, und was ist mit mir?", unterbrach ihn sein Schützling.

„Lass uns darüber alleine reden und verabschiede dich jetzt von den beiden, denn du wirst sie nicht mehr wiedersehen. Keine Angst, Lukas, natürlich nicht für immer, sondern nur ein Menschenleben lang."

Lukas brachte kein Wort mehr heraus. Mit Tränen in den Augen ging er auf Charlotte und Thomas zu, umarmte sie ein letztes Mal und verließ die Gruppe in Richtung Seeufer, ohne sich noch einmal umzusehen oder auf Daniel zu warten.

Kapitel 14: Abschied

Sein Weg hatte ihn, ohne dass er es bewusst registrierte hätte, immer weiter hinauf auf den Berg geführt, den er schon einmal mit Daniel erklommen hatte. An einem Felsvorsprung machte er Rast. Er fühlte sich leer und einsam. Da war sie wieder, die unendliche Traurigkeit, die ihn schon vor den schrecklichen Ereignissen um Christina unten auf der Erde immer wieder befallen hatte. Er sehnte sich nach Charlotte und Thomas, und vor allem nach Daniel, seinem Schutzgeist.

„Warum rufst du dann nicht nach mir, mein Freund", hörte er Daniels Stimme plötzlich neben sich. Daniel legte den Arm um seine Schultern und zog ihn an sich. Eine Weile saßen sie schweigend nebeneinander, bis Daniel die Stille unterbrach.

„Ist es nicht ein herrlicher Anblick, ihn so im Licht der Sonne im Weltall treiben zu sehen", sagte er und deutete nach vorne, wo sich ihnen der Blaue Planet Erde in seiner einzigartigen Schönheit präsentierte.

„Ja, die Erde ist wunderschön, wenn man sie von hier oben betrachten kann", erwiderte Lukas. „Wohin soll er mich denn führen, der Weg, der für mich dort unten bestimmt ist, Daniel? Müssen wir nicht noch zuvor einen Lebensplan für mich erstellen, so wie du es mir beigebracht hast?"

Daniel schüttelte den Kopf. „Nein, diesmal nicht, Lukas", sagte er.

„Und wieso nicht?"

„Weil der Weg von hier oben dich wieder dorthin zurückführen wird, wo du ihn verlassen hast."

„Was heißt das? Was willst du damit sagen?"

„Nun, Charlotte und Thomas erwartet eine Reinkarnation mit neuen Lebensaufgaben, doch du wirst Gelegenheit erhalten, deinen alten Lebensplan zu Ende zu führen, den du versucht hast, mit Gewalt zu umgehen."

„Willst du damit etwa sagen, dass ich zurück in mein altes Leben soll?"

Daniel nickte.

„Nein, das möchte ich nicht Daniel, nach all dem, was ich dort unten angerichtet habe."

Genau aus diesem Grund sollst zu zurück-kehren und versuchen, das Scherbengericht so gut es geht wieder zu kitten."

„Wie soll das denn gehen, du glaubst doch nicht im Ernst, dass Christina jemals wieder mit mir etwas zu tun haben möchte."

Daniel lächelte geheimnisvoll und deutete nach unten. Plötzlich sah Lukas sich selbst auf einer Intensivstation im Krankenhaus liegen. Er war am ganzen Körper mit Apparaturen und Schläuchen verbunden und trug um den Kopf einen Verband. Christina saß neben ihm und las ihm etwas aus dem Buch vor, das sie ihm an ihrem ersten Hochzeitstag geschenkt hatte.

„Du hast einige Tage im Koma gelegen, Lukas. Christina hat seitdem Tag und Nacht an deinem Bett gesessen und die Hoffnung nie aufgegeben, dass du eines Tages wieder erwachen wirst. In wenigen Augenblicken wird das geschehen, und du wirst dann keine Erinnerung mehr daran haben, was du in der Zwischenzeit hier erlebt hast, auch nicht an mich, mein Freund. Doch ich werde immer bei dir sein, bis ans Ende der Zeit. Du musst nur auf dein Herz hören, dann kannst du mich auch spüren. Leb wohl, Lukas", sagte er und umarmte seinen Schützling ein letztes Mal.

„Nein, Daniel, jetzt noch nicht, du musst mir zuerst noch ein paar Fragen beantworten. Wie soll denn mein Leben auf der Erde weitergehen, und …" Er stockte plötzlich und sah seinen Schutzgeist lange nachdenklich an. Dann fuhr er fort. „Werde ich wieder ganz gesund werden?"

Daniel sah ihn eindringlich an, dann schüttelte er fast unmerklich den Kopf. „Es ist keine Zeit mehr, deine Fragen zu beantworten. Du musst jetzt stark sein und all das annehmen, was auch immer dich in deinem weiteren Leben auf dem Planeten Erde noch erwarten wird."

Epilog

Warum hat diese Geschichte denn ein offenes Ende, werden sich vielleicht einige Leser gefragt haben. Weil sie alles enthält, was mir zu diesem Thema wichtig erscheint, möchte ich ihnen darauf antworten. Natürlich könnte man mit etwas Fantasie noch einmal viele Seiten füllen, aber das würde letztlich nur vom Thema ablenken und die Geschichte damit verwässern.

Um es deutlich zu sagen: Ich maße mir mit „Jenseits in Eden" keineswegs an, Sie von dem, was Sie glauben oder nicht glauben, abbringen zu wollen. Offen gestanden vermag ich mich mit dem Gedanken an Reinkarnationen, so wie sie dieser Geschichte zugrunde liegen, selbst nicht so richtig anzufreunden. Wenn ich die Wahl hätte, würde ich mich jedenfalls für ein einziges Leben auf der Erde entscheiden und mir Kummer und Leid weiterer irdischer Existenzen gerne ersparen. Aber der Glaube an Reinkarnationen ist nicht nur ein wesentliches Element vieler Religionen, er deckt sich auch mit Erfahrungen von Menschen, die Nahtoderlebnisse gemacht haben oder in irgendeiner anderen Weise Kontakt mit Geistwesen aus dem Jenseits hatten und darüber berichten. Ob das alles tatsächlich auch stimmt, vermag ich nicht zu beurteilen, aber ich bin davon überzeugt, dass es mehr gibt als das, was wir mit unseren irdischen Sinnen wahrzunehmen vermögen. So hat mir meine schwerkranke Mutter wenige Tage vor ihrem Tod erzählt, dass sie mit Gott gesprochen habe und ihr ein Lebensfilm gezeigt worden sei. Ich erinnere mich noch genau an ihre letzten Worte. „Oh Gott, oh Gott, jetzt weiß ich alles", hat sie gesagt. Wie gerne hätte ich dafür eine Erklärung von ihr bekommen, aber sie hat mir darauf keine Antwort mehr geben können. Auch von meiner Schwester, einer Tante und einer Cousine habe ich über eigene Nahtoderlebnisse erfahren, obwohl sie sich nie zuvor mit diesem Thema beschäftigt hatten. An ein Leben nach dem Tod und an einer Existenz Gottes habe ich jedenfalls keinen Zweifel, aber Zweifel an seiner Gerechtigkeit hatte ich hin und wieder in meinem Leben, um ehrlich zu sein. Diese Zweifel in der Vergangenheit resultierten letztlich aus dem von der christlichen Kirche verbreiteten Glauben, dass jeder von uns nur ein Leben auf der Erde hat. Wenn man aber die Möglichkeit mehrfacher irdischer Existenzen eines Geistwesens mit dem Ziel, Schuld und Vergehen aus seiner Vergangenheit zu tilgen und sich weiter zu Gott hin zu entwickeln, nicht völlig ausschließt, kann man zumindest Zweifeln an seiner Gerechtigkeit und damit vielleicht auch grundsätzlichen Zweifeln an seiner Existenz die Grundlage nehmen. Letztlich ist es das, was mich zu dieser Geschichte motiviert hat.

Danken möchte ich zum Schluss all denen, die sich mit dem Thema Nahtoderlebnisse im weitesten Sinne befasst und dies in Wort und Schrift in unterschiedlichster Form verbreitet haben. Nur so war es mir möglich, mich mit dieser Thematik so intensiv auseinanderzusetzen und mich zu einer eigenen Geschichte inspirieren zu lassen. Es würde zu weit führen, hier alle Bücher und die ansonsten zugänglichen Informationen aus dem Internet, die ich gelesen habe, im Einzelnen zu erwähnen. Mein besonderer Dank gilt jedoch der Unicon-Stiftung, die viele Informationen und Aussagen zusammengetragen hat, die über das materielle Leben hinaus auf den spirituellen Sinn des Lebens hinweisen. Alle hierzu von der Stiftung herausgegeben Bücher wurden mir kostenlos zur Verfügung gestellt.

Weitere Veröffentlichungen des Autors

Angst um Melanie

Verlag Books on Demand GmbH
ISBN: 978-3899068177
144 Seiten, 7,50 €

Dramatischer Tatsachenroman über das Schicksal eines Pflegekindes

Bereits wenige Wochen nach Abgabe eines Adoptionsantrages wird einem jungen Ehepaar mit zwei leiblichen Kindern ein nur sechs Monate altes Mädchen namens Melanie vermittelt. Ihr Glück scheint vollkommen, bis sich Melanies leibliche Mutter meldet und das Kind wieder zurückhaben möchte. Ein dramatischer Kampf um das Schicksal des kleinen Mädchens ent-brennt.

SEPTEMBER ELEVEN
Verlag CreateSpace Independent Publishing
Platform
ISBN: 978-1500432928
142 Seiten, Preis 5,90 €
E-Book ASIN B00LNGPL6I, Preis 2,68 €

Spannender Tatsachenroman über eine Flugreise
am Tag der Terroranschläge in den USA.

11. September 2001. Ein Linienflug von
Frankfurt nach Chicago. Etwa eine Stunde vor
der planmäßigen Landung ändert die Maschine
abrupt ihren Kurs. Keiner der Passagiere kennt
den Grund. Ein abenteuerlicher Irrflug, ausgelöst
durch die Terroranschläge in den USA, beginnt.

Urs der Zauberbär
Verlag Books on Demand GmbH
Taschenbuch: ISBN 978384809305, Preis 9,90 €
E-Book: ASIN B006L302W6, Preis 8,49 €

Eine lustige und spannende Abenteuergeschichte
über einen kleinen Braunbären für Kinder und
alle Junggebliebenen mit über 20 farbigen
Illustrationen.

Erwin räumt im Jenseits auf
Verlag CreateSpace Independent Publishing
Platform
ISBN: 978-1497324664
110 Seiten, Preis 5,99 €
E-Book Kindle Edition
ASIN: B006C49S4C, Preis 2,68 €

Gibt es ein Leben nach dem Tod, und wenn ja,
wie könnte es vielleicht aussehen? Der Autor gibt
in dieser skurrilen Geschichte auf humorvolle
Weise darauf eine Antwort.

Erwin Eigenwillig, ein unverbesserlicher Eigen-
brötler, findet sich nach einem Autounfall unver-
hofft im Jenseits wieder. Orientierungslos irrt er
durch eine ihm unbekannte virtuelle Welt, in der
neue Gefahren auf ihn lauern. Erwin versucht,
diese mit allen Mitteln zu meistern.

Geh den Weg zu Ende
Verlag CreateSpace Independent Publishing
Platform
ISBN: 978-1496189486
56 Seiten, Preis 3,75 €
E-Book Kindle Edition
ASIN: B006V22HHK, Preis 1,01 €

Ein Mann lässt bei einem Spaziergang in trister
Novemberatmosphäre sein bisheriges Leben
Revue passieren. Dabei wird er von einem Auto
erfasst und findet sich plötzlich im Jenseits
wieder. Seine Erlebnisse in dieser unbekannten
virtuellen Dimension lassen ihn sein Schicksal in
einem völlig anderen Licht erscheinen.

Zur Seele tauchen
E-Book Kindle Edition
ASIN: B0072V4FGU
Preis 1,03 €

Den richtigen Lebensweg zu finden und ihn unbeirrt zu gehen, ist schwierig. Viele verlassen sich
meist nur auf ihren Verstand, weil wir als
zivilisierte Menschen im Gegensatz zu den Tieren
verlernt haben, unserem Instinkt zu folgen, ins-
besondere dann, wenn Verstand und Instinkt nicht
im Einklang zueinanderstehen. So siegen Fakten
und Argumente meist gegen Gefühle und
Empfindungen. Die negativen Folgen zeigen sich
oft erst viele Jahre später und sind nicht selten
verheerend. Wann immer wir einen Zwiespalt in
uns spüren, sollten wir daher versuchen, der
Sache auf den Grund zu gehen und auch auf das

zu hören, was unsere Seele empfindet. Von Zeit zu Zeit einfach mal zur Seele tauchen, um Gefühle und Empfindungen freizulegen. Besinnliche Gedanken und Geschichten in diesem Buch sollen dazu eine Inspiration geben, ergänzt um Anregungen und Tipps zum Selbsttauchen.

Schreiben tut weh
E-Book Kindle-Edition
ASIN: B008LJCC08
Preis 1,03 €

Unterhaltsamer Ratgeber auf Basis eigener Erfahrungen des Autors, mit vielen Praxistipps und
interessanten Hinweisen für alle, die sich selbst
literarisch betätigen und mehr über das Schreiben
und Gestalten von Büchern wissen möchten.

Da haben wir die Bescherung
E-Book Kindle Edition
ASIN: B006EJFVWI
Preis 1,14 €

Alle Jahre wieder, wenn der Kalender nur noch ein paar Blätter für den Rest des Jahres übrig hat, steht Weihnachten vor der Tür, für viele das schönste Fest des Jahres. Der Zauber der Heiligen Nacht, getragen von Wünschen, Hoffnungen und Erwartungen, von Sehnsucht nach Frieden, nach Liebe und nach Geborgenheit, lässt zumindest für kurze Zeit viele Alltagssorgen und -probleme vergessen oder zumindest in den Hintergrund rücken. Ein paar heitere und besinnliche Geschichten und Gedichte in diesem Buch sollen dazu ein wenig beitragen.

STUMM-DENK-MAL

Verlag Books on Demand GmbH
Taschenbuch: ISBN978-3848217854,
Preis 7,90 €
E-Book: ASIN B00APSS2RA, Preis 5,99 €

Eine globale Wirtschaftskrise irgendwann in der Zukunft, von der auch die Stadt Neunkirchen betroffen ist. Bei einem nächtlichen Spaziergang, in Gedanken nach einer rettenden Lösung für seine Stadt versunken, fällt der Oberbürgermeister vor dem Stummdenkmal auf die Knie und fleht den Freiherrn Karl-Ferdinand von Stumm in seiner Verzweiflung um Hilfe an. Damit erweckt er den ehemaligen Stahlbaron auf wundersame Weise zu neuem Leben.

Lyrik – Sprachrohr der Seele
E-Book Kindle Edition
ASIN: B00ARIN29Q
Preis 1,00 €

Lyrik, unverzichtbar, um Gedanken freien Lauf
zu lassen, um Gefühle und Empfindungen, gleich
welcher Art, freizulegen. Nur wenige Worte, tief
ergreifend, Emotionen auslösend. Lyrik als
Sprachrohr der Seele lässt uns für ein paar Zeilen
oder Strophen innehalten, die Alltagssorgen vergessen und unser Herz berühren, nur eine kleine
Auszeit, um die Seele baumeln zu lassen und den
Speicher für Emotionen wieder etwas aufzuladen.

Es geschah am achten Tag
Verlag Books on Demand GmbH
Taschenbuch: ISBN 978 -3732283804
Preis 8,50 €
E-Book: ASIN B00GBJJ23U, Preis 4,49 €

In der Schöpfungsgeschichte wird darüber berichtet, wie der liebe Gott die Welt in sechs Tagen erschaffen und sich am siebten Tag von den Strapazen ausgeruht hat. Aber was geschah eigentlich am achten Tag und was hat das mit dem Saarland zu tun? In dieser wahrhaft unglaublichen Geschichte wird das Geheimnis gelüftet.

Planet der Grausamkeiten
Verlag CreateSpace Independent
Publishing Platform
ISBN 978-1495943041, Preis 3,75 €
E-Book ASIN B00IIUJ4XS, Preis 0,99 €

Ein Mann wird mitten in der Nacht aus dem
Schlaf gerissen und von vermummten Gestalten
verschleppt. In einer Art Gerichtssaal soll er sich
für grauenvolle Massaker an Tieren in einem
schier unermesslichen Ausmaß rechtfertigen, mit
denen er jedoch nichts das Geringste zu tun hat,
so glaubt er jedenfalls. Doch was er in dieser
Nacht erfährt, lässt sein Weltbild heftig ins
Wanken geraten.